D1671125

DIE GEFANGENEN VON KASADEVRA

Charlotte Arnoldi

DIE GEFANGENEN VON KASADEVRA

Illustration:
Alexa Riemann

Casimir-Verlag

Bibliografische Information der deutschen Nationalbibliothek
Die Deutsche Nationalbibliothek verzeichnet diese Publikation
in der deutschen Nationalbibliografie; detaillierte bibliografische
Daten sind im Internet über
http://dnb.d-nb.de abrufbar.

1. Auflage: Dezember 2011
© by Casimir-Verlag, Carsten Krause, Trendelburg 2011
Alle Rechte, auch die des auszugsweisen und fotomechanischen
Nachdrucks, vorbehalten.
Kein Teil dieses Werkes darf ohne schriftliche Einwilligung des
Verlages in irgendeiner Form (Fotokopie, Mikrofilm oder ein
anderes Verfahren), auch nicht für Zwecke der Unterrichts-
gestaltung, reproduziert oder unter Verwendung elektronischer
Systeme verarbeitet, vervielfältigt oder verbreitet werden.
Umschlagabbildung/Illustration: © Alexa Riemann
Lektorat: Lisa Bitzer
Satz und Layout: Carsten Krause
Druck und Bindung: Druckerei Sonnenschein GmbH, Hersbruck
Printed in Germany 2011
ISBN 978-3-940877-06-2

www.casimir-verlag.de

Für

Luise

und

Marlene

~ eins ~

„Sie greifen an!"

Das war der letzte Satz, den Flavius in seinem Leben sprach. Er fiel zu Boden, ein Pfeil steckte in seiner Brust. Ein entsetzter Aufschrei ging durch den Saal. Was hatte er gesagt? Sie greifen an? Das hektische Gemurmel wurde lauter, vereinzelt waren Schluchzer zu hören, Frauen weinten, Männer schrien. Der Lärm schwoll immer mehr an, bis König Bero endlich sprach: „Beruhigt euch, Leute! Seid ruhig!"

Die Stimmen erstarben. Langsam wurde es still. Es lag etwas Unheimliches in der Luft, etwas Erdrückendes. Es war der Tod, der in unsere Burg eingedrungen war, der Schrecken über das, was in König Beros Festung, der alten Arventatia, passierte. Hier lebte unser Stamm schon immer, hier fühlten wir uns sicher, denn wir waren von hohen Mauern umgeben, die uns schützten. Besonders im Krieg. Besonders jetzt.

Doch einer Person hatte der Schutz nichts genützt. Einer hatte die Burg verlassen, um herauszufinden, wie es draußen aussah, was mit den anderen Stämmen geschah, denn im Krieg hielten alle zusammen. Wir gegen Hensis, den Mann, der den Krieg begonnen hatte und grundlos mordete, so wie er es schon immer tat. Flavius hatte herausfinden wollen, was Hensis gegen uns plante. Er hatte die Burg verlassen. Und jetzt lag er hier im Saal, hatte sich sterbend, mit letzter Kraft zu uns durchgekämpft, um Bero mitzuteilen, dass Hensis angriff. Um uns zu warnen.

Stumm starrten die Anwesenden auf den leblosen Flavius. Mitleid, Furcht und Entsetzen spiegelten sich in ihren Gesichtern. Doch ich war wie versteinert, nicht in der Lage, zu begreifen. Der Schock saß zu tief. Vor mir lag Flavius, den ich kannte, seit ich ein Kind war, der wie ein Vater für mich gewesen war. Die Traurigkeit, die mich überrollte, drohte mir die Sinne zu rauben.

Meine Eltern waren früh gestorben. Viele Jahre lang hatte ich im Waisenhaus gelebt, allerdings war es mir dort nie sonderlich gut gegangen. Selten hatte es etwas anderes als trockenes Brot zu essen gegeben. Ich hatte in eine dreckige Decke gewickelt auf dem harten Fußboden geschlafen und war schwer krank geworden. Die Leute aus dem Waisenhaus hatten versucht, mir zu helfen, aber ihnen hatten die Mittel gefehlt und meine Krankheit war zu schwer gewesen.

Ich will nicht sagen, dass sie nicht alles getan hatten, was in ihrer Macht stand. Nein, sie kümmerten sich gut um mich, aber Fürsorge allein konnte mich nicht heilen. Viele Tage lag ich da und hoffte auf Rettung. Ich wollte schon aufgegeben, doch da war Flavius gekommen. Er nahm mich mit in sein Haus und pflegte mich, bis ich gesund war. Bei ihm bekam ich zu essen und zu trinken und schlief in einem schönen, weichen Bett. Er hatte mich wie eine Tochter behandelt.

Warum? Ich weiß es nicht. Wir haben nie darüber gesprochen. Ich hätte ihn das gerne noch gefragt, aber jetzt war es zu spät. Bewegungslos lag er vor mir auf dem Boden. Ich konnte ihn nicht ansehen. Es war zu schrecklich. Ich strich mir eine Träne aus dem Augenwinkel und schluckte schwer.

„Seid ruhig!" König Beros Stimme donnerte erneut durch den großen Thronsaal. Nun wurde es wirklich still, nur wenige hörte man noch leise weinen. „Wir sind hier in unserer Burg Arventatia. Sie können uns nichts antun", versuchte der König uns zu beruhigen. Mit ‚sie' meinte er unsere Feinde, die Anhänger von Hensis, aus der Burg Kasadevra.

„Uns nichts antun?", rief da einer der Männer aus den hinteren Reihen. „Flavius ist schon der dritte Tote. Der dritte! Wir alle wissen, was das bedeutet: Hensis wird erst zufrieden sein, wenn er uns alle umgebracht hat!"

Frauen und Kinder schrien auf, als sie das hörten, die

8

Männer schimpften lautstark. Sie wollten kämpfen! Sie wollten nicht warten, bis Hensis kam. Sie wollten ihm entgegenlaufen, ihn aufhalten.

„Ruhe!", ertönte ein weiterer Ruf von König Bero. „Seid verdammt noch mal ruhig! Wir können nichts tun, außer abwarten. Wir müssen geduldig sein!"

„Geduldig sein", lachte da eine kalte Stimme. Sie gehörte einem kleinen buckligen Mann mit verfilzten schwarzen Haaren und einem spitzen Kinn, der sich jetzt durch die aufgebrachten Männer hindurch nach vorne drängte. Ich bekam eine Gänsehaut, als ich in sein hässliches Gesicht sah. Ich kannte ihn, jeder in Arventatia kannte ihn. Er hieß Dalim und war schon früher in Intrigen verwickelt gewesen, die den König hatten zu Fall bringen sollen. Gelungen war es ihm nie, denn Bero war klug und ließ sich nicht so einfach austricksen. Dalim wollte Macht. Er sehnte sich danach, über Menschen zu herrschen und ließ nichts unversucht, um in Arventatia Unfrieden zu stiften.

Deshalb hielt man sich von ihm fern. Eltern ließen ihre Kinder nicht in seiner Nähe spielen, aus Angst er würde sich ihre Naivität zunutze machen und sie auf seine Seite ziehen. Der König war meiner Meinung nach immer zu gütig zu ihm gewesen und hatte ihn selten bestraft. „Nur wer den Feind beherrscht, besiegt ihn", pflegte Bero immer zu sagen und erklärte mir ein ums andere Mal, dass die Intrigen Dalims im Vergleich zu dem, was außerhalb der Burg geschah, zu vernachlässigen waren. „Ich kann nicht an zwei Fronten gleichzeitig kämpfen", hatte der König erst vor ein paar Tagen in einem vertraulichen Gespräch mit Flavius, der einer seiner engsten Berater gewesen war, gesagt.

Bero hatte in den letzten Wochen versucht, unseren Nachbarstädten Majevia und Rilovenz zu helfen, die grundlos von Hensis attackiert worden waren. Dalims Machenschaften waren dabei in den Hintergrund gerückt, doch ich misstraute ihm nach wie vor.

9

„Geduld? Das ist nicht Euer Ernst", spottete Dalim erneut und spuckte Bero die nächsten Worte geradezu vor die Füße: „König Bero!" Seine grauen Augen verengten sich und blickten funkelnd zum König auf.

„Oh doch", erwiderte dieser ruhig. „Das ist mein voller Ernst."

„Abwarten bringt nichts", erwiderte Dalim mit schriller Stimme. „Wir müssen kämpfen! Kämpfen und töten!"

Die Menge stimmte seinen Worten mit Gejohle und Gebrüll zu. Die Einwohner von Arventatia waren unruhig, die Stimmen wurden wieder lauter. Es ertönten Rufe, man wolle sich nicht wie die Feiglinge verstecken, Forderungen, man solle sich zur Wehr setzen, und bald schon waren sich alle einig: Sie wollten kämpfen! König Beros Einwände wurden überhört. Die Sicherheit ihrer Familien war den Männern wichtiger als die Meinung ihres Königs.

Ich zweifelte daran, dass diese Entscheidung richtig war. König Bero versuchte mehrmals etwas zu sagen, aber Dalim ließ ihn nicht zu Wort kommen. Er war auf einen der Tische gestiegen, umringt von Männern. Innerhalb von wenigen Minuten hatte er die Leute auf seine Seite gezogen – die vielen Monate der Angst um die eigene Familie, die hinter den Einwohnern Arventatias lagen, hatten sie mürbe gemacht. Und nun erklärte ihnen Dalim mit lautstarker Stimme seinen Plan.

Ich konnte nicht zuhören. König Bero hatte sicher recht, es war klüger abzuwarten und in Ruhe zu überlegen, was zu tun war. Aber tief in mir drin konnte ich die Männer, die ihre Schwerter kampfbereit in die Luft reckten, verstehen, denn genau wie sie hatte ich nicht die Geduld, die Bero von uns forderte. Was sollte ich denn ohne Flavius machen? Ich musste etwas tun. Das war ich ihm schuldig.

Plötzlich überkam mich eine unglaubliche Wut auf Flavius' Mörder, auf denjenigen von Hensis' Anhängern, der den Pfeil auf seine Brust geschossen, aber auch auf Hensis selbst, der den Mord befohlen und den Krieg begonnen hatte. Er kümmerte sich nicht darum, wie viele Menschen starben! Er wollte wie immer nur seine Macht demonstrieren, zeigen, wie stark er war und wie viele Stämme ihm zu Füßen lagen. Am meisten verabscheute ich seine Gleichgültigkeit gegenüber allem, was lebte. Wie wir uns fühlten, wir Landsleute von Arventatia, war ihm gleichgültig. Genauso gleichgültig, wie ihm unser Leben war.

Das musste aufhören. Der Krieg musste enden, und ich fühlte mich verantwortlich, etwas dafür zu tun. Gerade ich, denn Flavius war ein Freund, ein Vater für mich gewesen. Ich musste ihn rächen! Ich brauchte etwas, das seinen Tod wiedergutmachte, ein Gegenstück auf der Waage, ich musste etwas tun, das sie wieder ins Gleichgewicht brachte. Eine Stimme in mir schrie, verlangte einen weiteren Toten. Ich hatte nie daran geglaubt, dass ich einmal so fühlen würde, nie hatte ich Rache, blutige Rache, überhaupt in Erwägung gezogen. Aber heute ... was heute geschehen war, veränderte alles. Ein Menschenleben konnte nur mit einem anderen gerächt werden. Und obwohl ich wusste, dass das nicht genügte, weil Flavius für mich nicht ersetzbar war, würde ein Toter auf der anderen Seite, auf Hensis' Seite, wenigstens für ein wenig Gerechtigkeit sorgen – soweit es sie überhaupt noch gab.

Während rings um mich herum der Tumult ausbrach und sich auch die restlichen Männer des Stammes rund um den Tisch scharten, auf dem Dalim noch immer stand und mit wutverzerrtem Gesicht die Mordlust der Bewohner Arventatias antrieb, packte ich schnell etwas zu essen von der großen Tafel, die inmitten des Raums stand, in meinen Rucksack und lief zur Tür des Saals. Ich wollte sie gerade aufstoßen, da löste sich ein Schatten von der Wand. Ein großer Junge mit breiten Schultern, strahlend blauen Augen und dunklem, zerstrubbeltem Haar, das ihm, wie jetzt, als er den Kopf zu mir herunterbeugte, immer wieder ins Gesicht fiel, stellte sich mir in den Weg. Morlem. Er war mein bester Freund. Mein Freund aus dem Waisenhaus. Er machte jeden Unsinn mit – eigentlich. Denn heute war ich mir sicher, dass er mich nicht unterstützen, geschweige denn begleiten würde.

Ich versuchte, ihn nicht anzusehen und mich schnell an ihm vorbeizudrücken. Seine Hand umschloss fest meinen Oberarm.

„Wo willst du hin?", fragte er, und ohne auf eine Antwort zu warten, fügte er hinzu: „Du kannst nicht raus. Es ist zu gefährlich."

Es war mir egal. Ich wollte nicht hören, was er sagte oder was er von meinem Vorhaben hielt. Denn ich wusste, er würde es nicht verstehen und bestimmt versuchen, mich aufzuhalten. Ich schüttelte seine Hand ab und schob mich, ohne ihm noch einmal in die Augen zu sehen, an ihm vorbei auf den Hof, rannte zum Stall, zu meinem gesattelten Rappen Neleon, der leise schnaubte, als er mich durch die Stalltür eintreten sah. Er bemerkte meine Ungeduld. Eilig führte ich ihn auf den Hof.

Da sah ich Morlem auf mich zulaufen. Ich schwang mich hastig in den Sattel und gab Neleon die Sporen. *Lauf, Neleon, lauf,* beschwor ich ihn in Gedanken, *bring mich weg von hier, weg aus Arventatia,* und mein Pferd galoppierte mit donnernden Hufen die Hauptstraße hinunter zum Stadttor. Morlem rief mir noch etwas hinterher, aber das hörte ich nicht mehr. Das wollte ich nicht mehr hören.

Ich entfernte mich immer weiter von König Beros Burg, meiner geliebten Heimat Arventatia. Der kürzeste Weg nach Kasadevra, der dunklen Festung, in der Hensis herrschte, führte an Majevia vorbei, einer Kleinstadt weiter östlich. Ich nahm jedoch den längeren Weg, ritt nach Westen, um einen großen Bogen um die Stadt zu machen, weil einige von Hensis Leuten Majevia immer noch plünderten. Die riesige Rauchsäule, die über der Kleinstadt in den Himmel stieg, hatte mich schon von Weitem gewarnt. Bero hatte uns nur Minuten, bevor sich Flavius in den Thronsaal geschleppt hatte, darüber aufgeklärt, dass auch Majevia von Hensis eingenommen worden war. Flavius war unser Spion gewesen, hatte das sichere Arventatia verlassen, um herauszufinden, was in den anderen Städten und Dörfern geschah, ob bereits alles verloren war und jede Hilfe zu spät kam oder ob es noch einen Funken Hoffnung gab, die Stadt zu verteidigen.

Ich hätte ihn nie gehen lassen sollen. Nur wegen seines Muts war er gestorben. Vermutlich war er beim Rückzug in die Burg von ein paar Männern Hensis' überrascht worden, Hensis ließ seine Truppen das ganze Land nach Reichtümern durchkämmen. Der Überfall musste in der Nähe der Burg passiert sein, denn weit konnte Flavius es mit seiner Verletzung nicht geschafft haben.

Und wenn die Feinde schon so kurz vor der Burg gelauert hatten, dann waren sie doch sicher immer noch da. Panik stieg in mir auf. Ich sah mich hastig um. War es richtig gewesen zu gehen, Morlem und alle anderen zurückzulassen und mich allein auf den Weg zu machen?

Ich wusste nicht, was in diesem Augenblick in Arventatia geschah. Normalerweise würden sich die Einwohner auf Beros Befehl hin in der Burg verschanzen, weil sie wussten, dass unsere Stadt die nächste war, die angegriffen werden sollte. Flavius hatte es gesagt. Mit Majevia waren sie bald fertig. In ein paar Tagen würden die Kämpfer der feindlichen Armee auch die letzten Bürger, die sich noch in Majevia befanden, umgebracht haben. Hensis verschonte niemanden, und so lehrte er es auch seine Leuten, doch Arventatia würde selbst für Hensis nicht leicht einzunehmen sein. Es sei denn ... mir wurde schlecht, als ich an das dachte, was der bucklige Dalim von den Männern gefordert hatte. Wenn sich unser Stamm tatsächlich vor den Stadttoren sammeln und gegen Hensis' Männer in den Kampf ziehen sollte, dann wäre Arventatia verloren. Gegen diese Armee hatte niemand eine Chance.

Ich musste Hensis' Plan durchkreuzen. Und das konnte ich nicht von Arventatia aus. Wie immer bei seinen Feldzügen befand sich Hensis sicher und geschützt in Kasadevra. Kleinstädte eroberte er nie selbst, dafür war er sich zu schade. Er kämpfte nur dann, wenn es einen mächtigen Herrscher zu besiegen, eine große Stadt einzunehmen galt. Wie Arventatia, die neben Kasadevra die größte im Umkreis und das Zentrum des Reichs war, über das König Bero regierte.

Mein Plan blieb bestehen: Ich musste in die Burg. Aber ich war allein, vollkommen auf mich gestellt, das wurde mir auf einmal schlagartig bewusst. Seit ich meine Eltern verloren und im Waisenhaus vor Verzweiflung die Nächte durchwacht hatte, konnte ich nicht mehr gut alleine sein. Und gerade jetzt hätte ich gerne einen Freund bei mir gehabt. Ob ich Morlem und die anderen wiedersehen würde? Ob ich jemals wieder die Burg betreten würde?

Die Gedanken machten mich müde. Stunden später, als die Nacht schon lange über mich hereingebrochen war, konnte ich die Augen nicht mehr offen halten, stieg vom Pferd und legte mich unter einem Baum ins feuchte Gras. Ich schlief augenblicklich ein.

~ zwei ~

Als ich erwachte, hielt ich sofort nach Neleon Ausschau, der nur ein paar Meter neben mir friedlich in der Morgensonne graste. Ich war die halbe Nacht durchgeritten und hatte die Stadt Rilovenz hinter mir gelassen. Ich war froh, das flackernde Leuchten der brennenden Dächer in der Nacht nur aus der Ferne gesehen zu haben – auch dort hatten Hensis' Männer bereits alles verwüstet und die Bürger vertrieben oder gefangen genommen. Hier allerdings, auf dem Hügel, auf dem ich gerastet hatte, kam mir nichts bekannt vor. Es sah friedlich aus, die Vögel sangen, der Wind spielte mit den langen Grashalmen und der Himmel war wolkenlos – aber konnte ich dieser Idylle trauen? Rilovenz war einige Stunden von Kasadevra entfernt, das wusste ich. Andere Städte gab es sonst nicht, nur die ewigen Wiesen und Felder, die Bero einst hatte beackern lassen. Seit Hensis jedoch in unserem Land wütete, arbeitete kein Bauer mehr außerhalb der Stadtmauern, was unsere Vorräte in den letzten Wochen dramatisch reduziert hatte. Wir sparten seit Monaten, lagerten Korn und Gemüse in Kellern, um im Notfall – bei einem Belagerungszustand, zum Beispiel – etwas zu Essen zu haben. Dieser Fall war nun eingetreten. Die Einwohner Arventatias würden sich auf den bevorstehenden Kampf vorbereiten, Waffen schmieden und Strategien ausarbeiten. Dalim würde einer dieser Strategen sein. Er würde die Situation in vollen Zügen genießen, denn er liebte das Chaos, sehnte sich nach Macht. Macht, die er erlangen würde, wenn König Bero im Kampf fallen sollte.

Ich blickte in die Ferne, sah das vertrocknete Korn, das niemand geerntet hatte. Die schweren Ähren waren abgeknickt und lagen auf dem Boden, vergessen von den Bauern, missachtet von Hensis und zertrampelt von den Pferden seiner Männer.

Ich lief auf die andere Seite der kleinen Erhöhung, auf der Neleon haltgemacht hatte, und sah auf eine Ebene hinunter. Ich erkannte es sofort: Vor mir lag Feindesland. Kasadevra. Ich war noch nie hier gewesen, aber Flavius hatte in seinen Geschichten die Festung so genau beschrieben, dass ich sie unter Tausenden erkannt hätte. Ich sah die dunkle Burg, in der Hensis herrschte, und die vielen windschiefen Häuser mit ihren notdürftig geflickten Dächern, die sich eng an sie schmiegten. Hohe Mauern trennten die Stadt vom Rest der Welt. Meine Heimat, Arventatia, war ähnlich gut gegen feindliche Besatzer gesichert. Es gab eine große Festung, die bislang allen Angriffen getrotzt hatte, und wehrhafte Mauern, an denen alle Belagerer gescheitert waren. Bis jetzt.

Als ich den Wall von Kasadevra erblickte, sank mir der Mut. Er war noch viel höher und dicker als die Mauern meiner Heimatstadt. Wie sollte ich dort hineinkommen? Es schien unmöglich.

Ich war ein junges Mädchen, gerade mal vierzehn Jahre alt, und Kasadevra wurde bewacht wie keine andere Stadt der Welt. Hensis galt als der stärkste Krieger unserer Zeit. Seine Männer wurden überall gefürchtet. Als ich die Augen gegen das gleißende Sonnenlicht zusammenkniff, sah ich Wachposten auf den Turmzinnen auf und ab gehen, Pfeil und Bogen im Anschlag. Und als würde das noch nicht genügen, war die große Zugbrücke hochgezogen. Allein würde ich es niemals schaffen, diese Verteidigung zu überwinden.

„Bist du eigentlich vollkommen verrückt geworden?", hörte ich plötzlich eine Stimme hinter mir. Ich schrak zusammen und drehte mich um.

„Morlem!", rief ich erleichtert, als ich erkannte, wer da hinter mir den Hügel hinaufkeuchte. „Du hast mich zu Tode erschreckt!"

„Was machst du hier, Samia?", fragte er wütend, blieb vor mir stehen und packte mich mit beiden Händen an den

Schultern. „Bist du von allen guten Geistern verlassen? Es ist hier viel zu gefährlich!"

„Ich muss nach Kasadevra!" Ich entwand mich seinem Griff und drehte mich wieder um. „Frag nicht warum, du verstehst das einfach nicht."

„Du spinnst tatsächlich!" Morlem lachte auf, lief einmal um mich herum und nahm mir, als er sich direkt vor mir aufbaute, die Sicht auf Kasadevra. „Hast du eigentlich die leiseste Ahnung, in welcher Gefahr du schwebst?"

„Natürlich", erwiderte ich gereizt. „Aber wenn es so schrecklich gefährlich ist, warum bist du dann hier? Jeden Moment könnten uns die Wachposten entdecken!" Ich sah zu den bedrohlich wirkenden Stadtmauern hinüber, auf denen die Pfeilspitzen in der Sonne blitzten.

„Glaubst du etwa, ich bin zum Vergnügen hier?!" Morlems Stimme wurde lauter. „Ich bin deinetwegen gekommen! Und deswegen würde mich auch brennend interessieren, was du hier zu suchen hast."

Ich wusste nicht, was ich antworten sollte. Morlem war den ganzen Weg hinter mir her gelaufen, nur um mich vor einer großen Dummheit zu bewahren, das wurde mir in diesem Moment klar. Zerknirscht erzählte ich ihm von meinem Vorhaben, in die Festung von Kasadevra einzudringen und den Mord an Flavius zu vergelten.

Als ich meinen jämmerlichen Vortrag beendet hatte, verlor Morlem die Fassung. Er schrie mich an, brüllte, was mir eigentlich einfalle, fragte, wie dämlich ein einziger Mensch sein könne, und erkundigte sich höhnisch, ob ich das Leben so satthabe, dass ich mich dem Feind vor die Füße werfen wolle.

Ich schwieg. Kopfschüttelnd und mit hängenden Schultern stellte Morlem sich schließlich neben mich und sah mit mir auf die Ebene von Kasadevra hinunter. „Von dir hätte ich wirklich mehr erwartet, Samia."

Plötzlich packte mich etwas von hinten. Ich wollte schreien, doch der Hilferuf blieb mir im Hals stecken. Panisch blickte ich mich zu Morlem um. Erst jetzt merkte ich, dass auch er im Klammergriff eines starken Arms zappelte. Er versuchte sich zu befreien, aber es gelang ihm nicht. Wir wurden unsanft den Hügel hinunter gezogen, in einen Höhleneingang am Rande der Erhebung, der hinter Sträuchern so gut versteckt war, dass man ihn leicht übersehen konnte. Erst jetzt wurden wir losgelassen und nach hinten in die Dunkelheit geschubst. Ich blickte auf, wollte wissen, wer uns hierher verschleppt hatte, dem Feind in die Augen sehen!

Vor uns stand ein Mann. Er war alt, ich schätzte ihn auf etwa fünfzig Jahre, und obwohl er uns angegriffen und überwältigt hatte, sah er nicht böse aus. Seine braunen Augen blickten unsicher an uns auf und ab, als wisse er nicht, ob er richtig gehandelt hatte. Fast verlegen strich er sich eine Strähne seiner viel zu langen blonden Haare aus der Stirn, trat einen Schritt zurück. Seine verdreckte Kleidung war mit Löchern übersät. Wie einer von Hensis' Männern sah er wirklich nicht aus, doch was machte er dann hier?

„Wer seid ihr?", fragte er zögernd. Morlem versuchte, auf den Fremden loszugehen. Ich hielt ihn am Arm zurück, zischte ihm leise zu, er solle sich beruhigen. Doch das war bei Morlem immer schon schwierig gewesen.

Der alte Mann wiederholte, diesmal mit festerer Stimme, seine Frage: „Wer seid ihr?"

„Ich bin Samia", sagte ich so ruhig, wie es mir möglich war, „und das ist mein bester Freund Morlem." Ich deutete auf Morlem, der mich ansah und flüsterte: „Lass uns abhauen! Der will uns in eine Falle locken!"

Ich schüttelte den Kopf. „Unsinn. Er kommt nicht aus Kasadevra."

„Und was macht dich da so sicher?", fragte Morlem mit einem leichten Anflug von Panik in der Stimme.

„Alle Gefolgsleute von Hensis haben die gleiche Tätowierung am Hals: einen heulenden Wolf." Morlem knirschte mit den Zähnen. Offensichtlich war er noch nicht überzeugt. „Und außerdem: Schau ihn dir doch an! Hensis' Leute sind Männer, die Tag für Tag Städte ausbeuten. Das sind reiche Krieger, die sehen nicht aus wie er."

Morlem sah genauer hin, schien abzuwägen. Kleidung, wie Titus sie trug, war für Hensis' Männer undenkbar, das wusste er. Trotzdem bleibt er misstrauisch. „Das ist bestimmt ein Trick!"

Der Fremde, der während unserer hitzigen Diskussion immer von einem zum anderen geguckt hatte und unschlüssig schien, was er sagen sollte, unterbrach uns schließlich. „Ich bin Titus, Titus Manlius. Aber nennt mich doch einfach Titus."

„Was willst du von uns?", fragte Morlem voller Argwohn.

„Ich habe euer Gespräch mit angehört", antwortete Titus. „Oder besser: euer Geschrei."

Ich fühlte mich ertappt und schlug die Augen nieder.

„Ihr wollt in die Burg Kasadevra, stimmt das?", fragte Titus.

„Ja", sagte ich zögernd.

„Genau dahin will ich auch. Guck nicht so", kommentierte er meinen ungläubigen Blick. „Ihr gehört zu König Bero, nehme ich an?"

„Ja, wir kommen aus Arventatia", sagte Morlem. „Warum willst du denn nach Kasadevra?"

„Das ist eine lange Geschichte", meinte Titus.

„Erzähl sie uns!", rief ich schnell, bevor Morlem etwas dagegen einwenden konnte, auch wenn ich keinen Schimmer hatte, wer der Mann war oder woher er kam, geschweige denn, was er in Kasadevra wollte. Obwohl er offenbar nicht zu Hensis gehörte, hätte ich eigentlich allen Grund gehabt, ihm zu misstrauen, wie Morlem es tat, denn er hatte uns einfach in diese Höhle geschleppt. Trotzdem war ich gespannt zu hören, was er zu sagen hatte, ließ mich auf dem rauen Höhlenboden nieder und zog Morlem am Ärmel neben mich.

Titus nahm ebenfalls Platz und ließ sich nicht lange bitten, es schien beinahe so, als warte er schon lange auf eine Gelegenheit, jemandem all die Sätze, die nun unaufhaltsam aus seinem Mund sprudelten, mitzuteilen. Als müsse er das in ihm Aufgestaute endlich herauslassen.

„Es begann an dem Tag, als ich volljährig wurde. Meine Eltern veranstalteten ein großes Fest für mich. Alle meine Freunde waren da. Es gab ein großes Festessen, Musik und viele Geschenke. Wir spielten, tanzten und lachten. Jeder hatte Spaß. Jedenfalls am Anfang. Denn plötzlich wurde es sehr unruhig. Alle liefen durcheinander und – ich merkte leider erst viel zu spät, was eigentlich los war."

„Was ist denn passiert?", hakte ich nach.

Titus strich sich erneut eine Strähne aus dem Gesicht. Er wirkte nervös, blickte starr zu Boden. „Es...war schrecklich", flüsterte er mit zittriger Stimme. „Chaos brach aus, die Leute rannten panisch in alle Richtungen davon, denn sie hatten etwas gehört. Erst ein Knurren, dann leises Getrappel und schließlich ein Heulen. Ihr müsst wissen, dass wir draußen gefeiert haben, auf einer herrlichen Obstwiese." Er sah zu mir auf. „Jemand sah Schatten, die sich zwischen den Bäumen bewegten, und schrie. Meine Eltern liefen hin, sie wollten uns beschützen und herausfinden, was dort lauerte. Als sie ankamen, sahen sie es. Ein Rudel Wölfe. Keiner meiner Leute hatte eine Waffe. Mein Vater nahm einen langen Stock, der auf dem Boden lag, um meine Mutter, die hinter ihm stand, zu beschützen, doch die Wölfe stürzten sich auf ihn, bissen ihm in die Kehle und schlichen dann auf meine Mutter zu. Ich rannte zu ihr, wollte ihr helfen, aber ... aber es war zu spät." Titus schluckte schwer. Ich wagte nicht, ihn anzusehen. „Ich überlebte als Einziger. Meine Familie, meine Freunde, alle wurden umgebracht, nur mich würdigten die Wölfe keines Blickes. Sie ließen mich am Leben, aber es war nicht so, als hätten sie mich übersehen – das wäre unmöglich gewesen. Nachdem das Gemetzel vorbei war, verschwanden die Wölfe genauso schnell, wie sie gekommen waren. Ich weiß bis heute nicht, warum ich überlebt habe."

„Aber das klingt ja beinahe so, als hätten sie dich absichtlich verschont." Morlem schüttelte den Kopf und stand hastig auf. „Das ist doch albern! Komm, Samia, wir gehen."

„Nein." Ich zögerte. „Tut mir leid, Morlem, aber ich bleibe hier. Ich werde dich nicht aufhalten, wenn du gehen willst, aber ich glaube ihm. Flavius hat mit schon einmal von diesen Überfällen erzählt. Von den Wölfen. Titus sagt die Wahrheit."

Morlem stieß einen leisen Fluch aus, setzte sich aber wieder.

Titus sah ihn an. „Sie haben mich absichtlich verschont", sagte er bestimmt. „Sie hatten eine Aufgabe. Ihr Auftraggeber war Hensis."

Nun war es still in der Höhle. Titus' Geschichte war verrückt, und doch glaubte ich ihm. Er hatte irgendetwas an sich, das mich ihm vertrauen ließ. Er war ehrlich zu uns, das spürte ich tief in mir drin.

„Die Wölfe", fuhr Titus fort, „das waren Hensis' Anhänger. Ich weiß das, denn kurz nach dem Unglück hatte ich einen Traum. Ich stand auf einer großen Wiese, da hörte ich plötzlich Getrappel. Es wurde immer lauter, kam näher. Als ich erkannte, dass mehrere Hundert Reiter direkt auf mich zugeritten kamen, schrie ich um Hilfe. Sie blieben einen Steinwurf von mir entfernt stehen und stellten sich in einer Reihe auf. Es waren Hensis' Leute. Sie trugen große Brustpanzer, scharfe Schwerter und spitze Dolche. Ihr Anführer war Hensis selbst. Er ritt den schwarzen Hengst, denn jeder aus den Geschichten kennt – ein unglaublich großes Tier! Hensis nahm seinen Helm ab, ich sah sein Gesicht." Titus schauderte. „Es war durch eine riesige Narbe, die vom Haaransatz bis zum Kinn quer über das ganze Gesicht verlief, völlig entstellt. Er lachte, dann gab er seinen Leuten, die ihn die ganze Zeit über gespannt beobachtet hatten, ein Handzeichen. Nun drehten sich alle Köpfe zu mir. Auch wenn ich ihre Gesichter wegen der schweren Helme nicht sehen konnte, schwöre ich, dass sie mich mit glutroten Augen angefunkelt haben! Dann ritten sie auf mich zu.

Ich wusste, dass Weglaufen zwecklos war. Sie hatten Pferde, ich war zu Fuß. Deshalb duckte ich mich, drückte mich flach auf den Boden, obwohl ich wusste, dass ich keine Chance hatte. Die Reiter kamen schnell näher. Doch gerade, als ich dachte, gleich unter den Hufen der Pferde zermalmt zu werden, wurde es plötzlich still, und als ich wieder aufblickte, waren alle Reiter spurlos verschwunden. Ich sah nur noch die Hufabdrücke im lehmigen Boden.

Nur Hensis war geblieben, saß vor mir, immer noch auf seinem fürchterlichen Pferd. Er amüsierte sich über meine Angst und genoss die Situation sichtlich. ‚Trauer nicht um sie!‘, spie er dann auf einmal aus. ‚Sie sind es nicht wert.‘ Er kniff seine dunklen Augen fest zusammen und ich spürte die Abscheu, die in seinen Worten lag. Er sprach über meine Eltern, über meine Familie und meine Freunde, das wurde mir in diesem Moment klar. *Er* hatte den Wölfen befohlen, sie zu töten. Ich war fassungslos.

‚Aber du‘, fuhr er fort, ‚du bist zu gut.‘ Begierde zeigte sich in seinem Blick. Als wäre ich ein Kronjuwel, das er unbedingt besitzen wollte. ‚Ich habe dich schon lange beobachtet, Titus Manlius. Du hast etwas, das mir helfen kann. Du bist anders als alle anderen. Du besitzt etwas, das so viel stärker ist als Muskeln und so viel gefährlicher als die Klinge eines Schwertes. Kämpfe für mich!‘, sagte er laut und sah mich dabei erwartungsvoll an. ‚Benutze deine Kraft, um für deinen Herrn zu kämpfen!‘

Wut stieg in mir auf. Endlich erhob ich mich, ging zu ihm hinüber, stellte mich direkt vor ihn. ‚Nie!‘, sagte ich und bemerkte im selben Moment, wie Zorn in ihm aufloderte. Er begann zu zittern, der Boden bebte, dann verschwand er vom Erdboden, genau wie sein Heer.

Dieser Traum verfolgte mich nach dem Mord an meinen Eltern noch nächtelang. Ich ritt fort aus meiner Heimat, flüchtete in andere Länder. Ich wollte von Hensis so weit weg wie möglich sein. Mehr als dreißig Jahre lang versteckte ich mich, und in dieser Zeit begegnete ich Hensis weder im Traum noch in der Realität auch nur ein einziges Mal. Doch vor ein paar Monaten träumte ich wieder denselben Traum, und als ich erwachte, lag Hensis' Dolch, den er am Gürtel getragen hatte, neben mir im Bett! Noch im Morgengrauen ritt ich los, denn nach so vielen Jahren konnte das nur ein Zeichen sein. Ein Zeichen, dass ich vor Hensis nicht davonlaufen kann."

Morlem und ich sahen uns den Dolch an, den Titus hervorgezogen hatte, und tatsächlich, man konnte das Wappen von Kasadevra genau erkennen: ein Wolf, der heulte und dabei ziemlich schaurig aussah.

Es war noch früh am Morgen, doch draußen wurde es von Minute zu Minute dunkler. Ein Gewitter zog auf, dicke Wolken türmten sich am Himmel auf und verschluckten das Sonnenlicht. Eigentlich war ich nicht besonders furchtsam, doch bei Gewittern zitterte ich immer vor Angst.

„Gleich wird es hier richtig ungemütlich", sagte Titus, „wir sollten hineingehen." Mit einem Handzeichen forderte er uns auf, ihm zu folgen, und ging voran in die Dunkelheit. Ich sah Morlem an. Sein grimmiger Blick sprach Bände: *Weißt du, was du da tust?* Er sog die Luft zwischen den Zähnen ein, dann drängte er sich an mir vorbei und folgte Titus tiefer in die Höhle.

~ drei ~

Je weiter wir in den Schacht hinein liefen, desto dunkler wurde es. Nach einer Weile kamen wir zu einer Abzweigung, der Tunnel teilte sich in zwei Gänge. Wir nahmen den rechten, und schon kurz darauf kamen wir in einer Höhle an, in der eine Matratze und ein paar Decken auf dem steinigen Boden lagen.

„Das ist mein Zuhause", sagte Titus, und ich meinte, ein wenig Verlegenheit aus seiner Stimme herauszuhören, was mich nicht wirklich verwunderte. Hier drin war es kalt, kein Tageslicht drang herein und nur eine Fackel an der Wand und ein kleines Lagerfeuer in der Mitte des Raums erhellten spärlich die Dunkelheit. Ein Lager wie dieses konnte Titus' Ansprüchen nicht gerecht werden, war aber die einzige Möglichkeit, sich unbemerkt in der Nähe Kasadevras aufzuhalten.

„Mein Gott. Kann man hier leben?", fragte Morlem unfreundlich.

„Bestimmt", antwortete ich schnell, damit Titus nicht böse wurde und uns am Ende noch vor die Tür setzte. Immerhin ging da draußen gerade die Welt unter, wenn man dem entfernten Rauschen des Regens und dem leichten Erzittern der Erde, wenn ein Donner über sie hinwegrollte, Glauben schenken durfte.

„Wieso willst du nach Kasadevra?"

Titus drehte sich zu mir um und sagte mit klarer Stimme: „Aus demselben Grund wie ihr, nehme ich an."

Mehr musste er nicht sagen. Ich wusste, dass er Rache wollte. Hensis hatte ihm alles genommen: seine Familie, seine Freunde, sein Leben und nicht zuletzt seinen Stolz. Genau wie ich hatte er nichts mehr zu verlieren, würde vermutlich auch sein Leben für die Rache an Hensis opfern.

„Hensis hat in deinem Traum gesagt, dass du etwas hast,

was er haben möchte. Etwas, das stärker ist als Muskeln und gefährlicher als Schwerter – was für eine Waffe ist das?"

Titus schwieg zunächst, dann sagte er: „Das kann ich euch jetzt noch nicht verraten. Aber ich werde es, sobald es mir möglich ist. Versprochen."

Ich zögerte. Wenn Titus etwas besaß, das Hensis für seine Zwecke einsetzen wollte, dann musste es eine ganz besondere Waffe sein. Eine, die Hensis gefährlich werden konnte, die er unter seine Kontrolle bringen musste, bevor sie gegen ihn eingesetzt wurde. Was für eine Waffe das wohl sein mochte?

Morlems Gähnen riss mich aus meinen Gedanken. Auch ich war müde von der Nacht im Sattel und konnte gut ein wenig Schlaf gebrauchen. Titus bot uns an, neben ihm auf der Matratze ein paar Stunden auszuruhen: „Das Gewitter ist zu stark, um heute noch an eine Eroberung Kasadevras zu denken." Er zwinkerte mir zu, und ich lächelte verlegen. Wenig später lagen wir eng aneinander gepresst auf der staubigen Matratze und deckten uns mit ein paar zerlumpten Decken zu. Morlem und Titus waren innerhalb von wenigen Minuten eingeschlafen. Ich lag in der Mitte, zwischen den beiden, und konnte kein Auge zu tun. Und das lag nicht nur an Titus ohrenbetäubendem Schnarchen oder an Morlems Eigenart, sich im Schlaf ständig von links nach rechts und wieder zurück zu wälzen. Das Gewitter, das draußen tobte, versetzte mich in Unruhe.

Ich dachte an Arventatia. Genau solch ein Sturm konnte auch dort ausgebrochen sein. Wahrscheinlich hatte Dalim es mittlerweile geschafft, die Bürger Arventatias gegen den König aufzubringen. Sie wollten sofort kämpfen, Bero nur im äußersten Notfall. Ob sie ihn hintergehen, Hals über Kopf die sichere Festung verlassen und auf die feindliche Armee zustürmen würden?

Noch nie hatte unser Stamm den Worten des Königs keine Beachtung geschenkt, denn wir alle wussten, wie klug und vorausschauend er immer handelte. Im Moment war aber nichts, wie es normalerweise war. Ich konnte die Einwohner zurzeit schlecht einschätzen, war überrascht, wie impulsiv sie auf Flavius' Tod reagiert hatten. Was in den letzten Stunden wohl dort passiert war? Ob Hensis bereits einen Angriff auf Arventatia plante, nachdem er unsere Nachbarstadt Majevia überrannt hatte? Hatten noch mehr Gefolgsleute Beros den Tod gefunden? Noch mehr Einwohner Arventatias?

Nach endlosen Minuten, in denen ich mir die schlimmsten Szenarien vorstellte, die sich in meiner Heimat gerade abspielen mochten, gab ich den Plan auszuruhen auf. Vorsichtig stand ich auf, darauf bedacht, Morlem und Titus nicht mit einer unvorsichtigen Bewegung zu wecken. Doch die beiden schliefen fest. Nicht einmal der rollende Donner, der immer näher zu kommen schien, konnte sie aus dem Schlaf reißen. Morlem hatte allem Anschein nach endlich eine Position gefunden, in der er liegen bleiben konnte. Er sah so friedlich aus, dass ich ihm am liebsten über die Wange gestreichelt hätte, aber ich traute mich nicht, weil ich Angst hatte, dass er aufwachte.

Ich riss mich vom Anblick seines zerstrubbelten Haarschopfs los und sah mich in der Höhle um. Außer der kleinen Matratze und den alten Decken gab es neben der Feuerstelle einen großen Stein, der wohl als Tisch diente, und Bücher, die überall verstreut herumlagen. Auf Zehenspitzen lief ich in Richtung des Feuers und hob eines der Bücher vom Boden auf. *Überlebenstechniken* stand groß auf dem Umschlag. Ich verspürte keine Lust, es aufzuschlagen, selbst wenn es sich einmal als nützlich erweisen sollte. Wir waren im Krieg und ich hatte eine Mission – dabei halfen mir keine Bücher! Titus schien sich im Gegensatz zu mir gut vorbereitet zu haben. Ich musste weiter, denn ich wollte in den anderen Gang, den linken, an dem wir vorhin vorbeigelaufen waren. Ich musste herausfinden, wo er hinführte.

So leise wie möglich legte ich das Buch wieder auf den Boden und schlich an der Matratze vorbei, auf der Morlem und Titus lagen, bis ich in dem Gang angekommen war, der uns in die Höhle gebracht hatte. Erst jetzt merkte ich, wie töricht es war, ohne irgendeine Lichtquelle loszumarschieren, denn im Tunnel war es so dunkel, dass ich kaum meine Hand vor Augen sehen konnte. Aber wenn ich jetzt zurückging, riskierte ich, Morlem oder Titus zu wecken. Und denen würden mit Sicherheit genügend Gründe einfallen, warum es nicht ratsam war, dass ein junges Mädchen alleine durch einen stockfinsteren Stollen kroch.

Mich an der Tunnelwand entlang tastend lief ich weiter. Nach endlosen Minuten kam ich endlich an der Abzweigung an und arbeitete mich im linken Schacht langsam vorwärts. Dieser Gang war dem anderen sehr ähnlich. Die Wände waren trocken und an manchen Stellen bröckelte die Erde unter der Berührung meiner Finger. Einmal kam es mir so vor, als würde es etwas heller werden. Doch schon kurz darauf merkte ich, dass mir meine Augen, die an diese absolute Dunkelheit nicht gewöhnt waren, Streiche spielten. Immer wieder sah ich kleine Blitze aufleuchten. Ich blinzelte in die totale Finsternis. Nein, hier drin war es genauso dunkel wie im ersten Gang.

Aus weiter Ferne hörte ich das leise Rauschen des Regens. Ich musste vom Eingang der Höhle weit weg sein. Ich hatte mir vorhin, als Morlem und ich Titus in das Innere des Hügels gefolgt waren, nicht vorstellen können, dass der Gang so tief unter die Erde führte. Er war so breit und gerade, dass er nicht natürlich entstanden sein konnte. Ich war mir sicher, dass Menschenhände ihn geschaffen hatten. Ob Titus selbst in gegraben hatte?

Ich war schon einige Minuten gegangen und versank zunehmend in meinen Gedanken, da hörte ich plötzlich lautes Geflatter, das bedrohlich schnell auf mich zukam. Instinktiv duckte ich mich und spürte einen scharfen Windstoß über meinem Kopf. Fledermäuse! Sie flogen über mich hinweg und kreischten dabei unheimlich. Als ich mich von dem

Schrecken erholt hatte, richtete ich mich wieder auf und ging vorsichtig weiter, nun aufmerksamer und vorsichtiger, mit weiteren Überraschungen rechnend, die in der unheimlichen Schwärze auf mich warteten.

Es dauerte nicht lange, da kam ich in eine weitere Höhle. Sie war viel kleiner als die, in der Titus hauste, und nicht eingerichtet. Anscheinend nutzte Titus diese Höhle nicht. Sein Zuhause – wie er es selbst genannt hatte – musste auf der anderen Seite des Hügels liegen.

Zuhause. Hatte ich so etwas überhaupt noch? Arventatia war ein Leben lang meine Heimat gewesen. Aber ich war fortgegangen. Ich vermisste die Stadt, die Menschen und Flavius' Haus. Das plötzliche Heimweh schnürte mir die Kehle zu. Diese Zeit war vorbei. Arventatia, so wie es bislang existiert hatte, würde es nicht mehr geben. Nicht ohne Flavius. Ich hatte kein Zuhause mehr.

Ich war müde. Meine Suche hatte ins Nichts geführt. Ich sah ein, dass mein Vorhaben, auf eigene Faust das unterirdische Labyrinth zu erkunden, gescheitert war, und machte mich auf den Weg zurück in Titus' Höhle. Bei meiner Rückkehr sah ich, dass Morlem und Titus immer noch nebeneinander schnarchten. Ich legte mich zwischen sie und war innerhalb von wenigen Sekunden eingeschlafen. In meinem Traum

sprang ich mit einem großen Satz von Neleon. Wo war ich? Es war Nacht. Ein dunkelblauer Himmel lag über der stillen Burg vor mir. War ich in Arventatia? Nein. Arventatia sah anders aus. Kleiner und geborgener, hübscher und fröhlicher. Dieser Ort hier war düster. Und still. Viel zu still.

Leise schlich ich die Gasse entlang. Ich hatte Angst, dass mich jemand bemerkte. Die Burg lag direkt vor mir und war beängstigend groß. Größer als Arventatia. Vorsichtig tappte ich weiter, kam an einem schmiedeeisernen Tor an, das die Burg von der Stadt trennte. Um das Tor herum waren zahl-

reiche Gemälde angebracht. Zuerst erkannte ich nichts, aber als eine Wolke, die den Mond verdeckt hatte, langsam weiterzog, entblößte sich nach und nach das nackte Grauen, das auf den Bildern festgehalten war. Schaurige Szenen brannten sich in meine Augäpfel, von schreienden Menschen mit hervorquellenden Augen, tiefdunklem Schwarz, das nur von einem roten Rinnsal durchbrochen wurde. Auf einem Bild erkannte ich einen Drachen, auf einem anderen ein hundeartiges Wesen, das den Kopf zum Himmel reckte, das Maul weit aufgesperrt. Ich hielt inne. Dieses Geschöpf hatte ich schon einmal gesehen, ich konnte mich nur nicht erinnern, wo.

Über dem prächtigen Burgtor waren ein paar kleine Fenster in die Mauer eingelassen. Auch um diese Öffnungen waren Drachen und andere grauenhafte Wesen gemalt worden. Ich wandte mich ab und spähte durch die Gitterstäbe des Burgtors. Ganz oben, auf dem höchsten Turm der Burg, waren zwei spitze Zinnen, und, wie konnte es anders sein, auch auf ihnen waren in Stein gehauene Geschöpfe zu erkennen, die nicht von dieser Welt stammten.

Wer mochte hier wohl wohnen? Ich konnte mir einfach nicht vorstellen, dass tagein, tagaus fröhliche Menschen das Burgtor passierten, sich unterhielten, spaßten, freundlich waren. Es war vollkommen undenkbar, dass hier, an dieser Stelle, Kinder spielten und ihre Scherze trieben. Wer konnte fröhlich sein, wenn er jeden Tag diese grässlichen Geschöpfe anstarren musste?

Wer sie wohl gemalt hatte? Wer auch immer es gewesen war, er war bestimmt kein guter Mensch. Denn ein guter Mensch würde nicht auf die Idee kommen, solch gruselige Bestien abzubilden. War diese Burg anders? Ich hatte es mir bis zu diesem Zeitpunkt nicht vorstellen können, aber jetzt wusste ich, dass an den Geschichten, die die Alten den Kindern meiner Stadt gern zum Gruseln erzählten, etwas dran war: Es gab sie also doch, die Geisterburgen!

Als ich noch klein war, hatte mir Flavius einmal so ein

Schauermärchen erzählt. Er hatte mir versucht zu erklären, dass es Orte auf der Welt gab, in denen sich nicht alle immer gut verstanden. Er hatte von Burgen berichtet, in denen der Herrscher allein bestimmte. Und zwar nicht auf liebende, fürsorgliche Art wie König Bero, sondern grausam, kalt und herzlos. Für die Menschen, die in der Stadt lebten, interessierte sich manch Herrscher einfach nicht, hatte Flavius gesagt. Sie waren Fußvolk, nichtsnutzig, gerade gut genug, um Steuern zu zahlen und sich in den unsinnigen Kriegen, in die der schreckliche Herrscher sie führte, abschlachten zu lassen.

Ich hatte ihm damals nicht glauben wollen, weil ich bis zu diesem Zeitpunkt nichts außer Arventatia gesehen hatte. Ich kannte nur fröhliche Menschen, die in Frieden lebten und zusammenhielten, was auch immer passierte. König Bero war ein guter König, der sich für jeden seiner Bürger einsetzte. Herrscher, denen es nur um Macht ging, hatte ich bislang nicht kennengelernt.

Ein paar Jahre später berichtete mir auch König Bero von Burgen mit selbstsüchtigen Königen, und weil König Bero der weiseste Mensch war, den ich je kennengelernt hatte, und auch weil man einem König bekanntlich nicht widersprechen soll, entschied ich, Bero und Flavius zu glauben, so schwer es mir fiel und so wenig ich es glauben wollte.

Jetzt blickte ich mit einem mulmigen Gefühl im Bauch auf die dunkle Gasse vor mir, dann auf die schwarze Burg im Hintergrund, auf die Mauern ringsherum, und begriff, dass wohl doch in jeder Geschichte ein wahrer Kern steckte. Auch dann, wenn sie von Geisterburgen handelte.

Nicht nur die Festung war anders als die Burg Arventatias, auch die tiefer gelegenen Häuser unterschieden sich von den Gebäuden, die ich von zuhause kannte. Krumme Dächer, leidlich geflickt und ausgebessert. Türen und Fenster mit blinden, manchmal eingeschlagenen Scheiben. Ein quietschendes Scharnier eines verwahrlosten Gartentors unterbrach die monotone Stille. Es sah nicht so aus, als lebten Menschen hier. Ob ich mir eines der Häuser einmal von Nahem ansehen sollte?

Plötzlich hörte ich Schritte. Sie kamen von der Burg. Hektisch sah ich mich nach einem Versteck um und entdeckte schließlich ein paar schimmlige Heuballen, die in der Nähe des verriegelten Burgtors lagerten. Schnell duckte ich mich hinter einen von ihnen. Keine Sekunde zu früh, denn schon sah ich einen dunklen Schatten eine Treppe, die ein paar Meter neben dem Burgtor lag, hinabsteigen. Das Gesicht konnte ich nicht erkennen, doch der Statur nach zu urteilen war es ein Mann. Ich war mir mittlerweile vollkommen sicher, dass dieser Ort eine Geisterburg war. Der Mann war am Fuße der Treppe angelangt. Ich konnte nur wenig erkennen, sah aber, dass er einen langen, dunklen Umhang trug, der seinen Körper verhüllte. Ich fragte mich, wer in Arventatia einen solchen Mantel trug, und nur einer wollte mir einfallen: der Totengräber.

Eine eiskalte Hand schloss sich um mein Herz, ich unterdrückte einen Aufschrei. Ich musste von hier verschwinden! Vorsichtig trat ich ein paar Schritte rückwärts, ohne den Furcht einflößenden Mann aus den Augen zu lassen. Da knackte es plötzlich unter mir – ich war auf eine Wurzel getreten, wagte kaum zu atmen, denn der Mann, der kurz zuvor noch am Ende der Treppe gestanden und mit einem großen schwarzen Schlüssel das Schloss des Eisentores geöffnet hatte, hatte das Knacken gehört. Er hob den Kopf, misstrauisch, schob sich hastig durch das Tor und lief einige Schritte in meine Richtung.

„Wer ist da?", fragte er mit einer tiefen, kratzenden Stimme. Ich antwortete nicht und verbot mir jede Regung. „Wer immer da ist, er soll herauskommen!"

Er ging ein paar Schritte weiter und mir gefror das Blut in den Adern, als ich es noch einmal knacken hörte. War das schon wieder ich gewesen? Ich Idiotin! Jetzt war ich gelie-

fert! Gerade als sich die dunkle, schwarz behaarte Hand des Fremden zwischen den Heuballen langsam auf mich zubewegte, verschwamm plötzlich alles. Das Bild löste sich auf

und ich erwachte.

~ vier ~

Das Erste, was ich sah, als ich die Augen aufschlug, war Morlem, der leise vor sich hin schimpfend in der Höhle auf und ab lief. Er hatte noch nicht bemerkt, dass ich wach war, und das war auch gut so, denn ich musste mich erst einmal von meinem schrecklichen Albtraum erholen. Nur langsam ordneten sich meine Gedanken und ich kehrte in die Wirklichkeit zurück. Ich fragte mich, wo Titus war, und blickte mich suchend um. Ich konnte ihn nirgendwo entdecken.

„Dieser verdammte Kerl", grollte Morlem leise vor sich hin. „Ich hab doch gewusst, dass er uns reinlegen will!" Dann drehte er sich zu mir um. Blitzschnell schloss ich die Augen und atmete gleichmäßig. Er schien nicht zu merken, dass ich nur so tat, als würde ich schlafen, denn er nahm die Kerze, die wenigstens für ein bisschen Licht gesorgt hatte, vom Stein und verschwand damit im Tunnel.

Um mich herum wurde es dunkel. Die Flammen, die am letzten Abend noch in der Feuerstelle geknistert hatten, waren erloschen. Erst als ich mir wirklich sicher sein konnte, dass Morlem weg war und so schnell nicht wiederkommen würde, wagte ich es aufzustehen. Ich tastete mich zum Tunneleingang vor. Auch im Gang war es stockdunkel und ich kam wieder nur langsam voran.

Nach Minuten, die mir wie Stunden vorkamen, kam ich am Tunnelende an. Die Sonne blendete mich. Nach der totalen Finsternis, die mich die ganze Zeit umgeben hatte, musste ich die Augen zusammenkneifen. Es war Sommer, die schönste Zeit im Jahr. Das Gewitter war verschwunden, der Himmel war wolkenlos. Die Sonne schien auf mich herab, die Vögel zwitscherten und überall blühten Blumen in leuchtenden Farben. Gestern war mir gar nicht aufgefallen, wie schön es hier war. Aber ich hatte ja auch nur Augen für Kasadevra gehabt.

Ich lief auf den höchsten Punkt des Hügels und sah auf die Ebene hinunter. Neben der Erhöhung, auf der ich stand, lag ein kleiner Wald. Hatte ich den gestern auch übersehen? Wo war ich nur mit meinen Gedanken gewesen?

Auch der Höhleneingang sah bei genauerer Betrachtung anders aus als gestern Morgen. Es war kein großes schwarzes Loch mehr, sondern bestand aus einem prächtigen Portal aus tiefgrauem, solidem Fels. Die große Öffnung, die aussah, als führe sie in eine andere Welt, erinnerte mich an das weit aufgerissene Maul eines Tieres, womöglich eines Hundes oder einer Raubkatze. Riesige Büsche, die sich an der steinernen Wand entlang rankten, versperrten die Sicht auf den Höhleneingang und machten das Versteck damit perfekt. Auf der anderen Seite des Felsens, in den der Tunnel geschlagen war, lag irgendwo Arventatia. Weit weg.

Vor der Höhle, in ein paar Metern Entfernung, erkannte ich am Rande des Hügels die Stelle wieder, wo Morlem und ich am Tag zuvor gestanden und Kasadevra beobachtet hatten. Ich lief hin und sah mir die Burg noch einmal ganz genau an. Es würde wirklich schwer werden, da hineinzukommen.

„Samia", rief eine dunkle Stimme hinter mir. Titus schob sich durch das Gestrüpp. „Samia, wo bist du?"

„Ich komme schon!", antwortete ich, wandte mich vom beklemmenden Anblick der Burg ab und ging zum Eingang des Tunnels. Dort stand Titus. Das verstrubbelte blonde Haar war schulterlang, sein Gesicht über und über mit Dreck beschmiert. Seinen Körper bedeckten nichts als dreckige alte Lumpen und er war barfuß. In der Hand hatte er etwas, das wohl ein Korb sein sollte. Ich staunte nicht schlecht. Es war lange her, seit ich einen derart schmutzigen Menschen gesehen hatte. Gegen Titus war ich, obwohl ich von der langen Reise etwas mitgenommen war und schon seit Tagen kein sauberes Wasser mehr gesehen hatte, eine richtige Schönheit.

Titus sah mich nervös an. „Ist irgendetwas?", fragte er

und folgte meinem Blick auf seine schwarzen Füße. Verschämt murmelte er: „Das kommt davon, wenn man zu lange alleine ist", und sah mich dann wieder an.

„Ach, ist schon gut", lächelte ich, und um die peinliche Situation zu entschärfen, fügte ich hinzu: „Wo ist eigentlich Morlem?"

„Morlem?", fragte Titus erstaunt. „War der nicht bei dir?"

„Doch, war er", stammelte ich und versuchte, das ungute Gefühl, das in mir aufstieg, zu ignorieren. „Er war bei mir, in der Höhle, aber dann ist er gegangen."

„Wohin denn?", fragte Titus besorgt, doch bevor ich antworten konnte, raschelte es hinter mir im Gebüsch. Erschrocken fuhr ich herum und erkannte erleichtert Morlem, der zwischen den Zweigen hervortrat und sofort auf Titus losging.

„Du!", rief er, den Zeigefinger drohend auf ihn gerichtet. „Nur weil du nicht zurückgekommen bist, wie du es versprochen hast, bin ich in den Wald gelaufen, um dich zu suchen. Dieser Wald ist ein Monster! Weißt du, wie viele Brennnesseln es dort gibt?" Während er das sagte, zeigte er uns seine schmutzigen Hände, die mit kleinen Pusteln übersät waren. Ich sah auch seine Arme und Beine, von Stichen und Kratzspuren gerötet.

„Und die Disteln erst", fügte Morlem wütend hinzu. „Es juckt so schrecklich, ich könnte wahnsinnig werden, und an allem bist nur du schuld!"

Morlem warf Titus einen vernichtenden Blick zu, dann zog er mich ein Stück zur Seite. Mir kam der Gedanke, dass er womöglich von hier verschwinden wollte, aber das kam überhaupt nicht infrage! Titus konnte uns eine große Hilfe zu sein – außerdem waren wir ihm zu Dank verpflichtet, denn er hatte uns bei sich aufgenommen und damit Schutz vor dem fürchterlichen Unwetter geboten.

Ich wandte mich an Morlem: „Das ist doch nicht Titus' Schuld. Du konntest nicht abwarten, bis er zurückgekommen ist." Morlem schwieg. Aber in seinen Augen konnte ich sehen, wie enttäuscht er von mir war.

Titus, der die ganze Zeit kein Wort gesagt hatte, räusperte sich: „Wahrscheinlich ist es besser, das Ganze einfach zu vergessen, und erst einmal zu frühstücken."

Morlem wollte etwas erwidern, aber ich bedeutete ihm mit einer Geste, Titus ausreden zu lassen. „Ich habe ein paar Beeren im Wald gefunden und auch Pilze." Titus deutete auf den Korb, den er die ganze Zeit in der Hand hielt.

Morlem klappte den Mund auf und gleich wieder zu, als er sah, dass ich zu dem Baum lief, an dem ich gestern Neleon angebunden hatte. Der Rappe schnaubte, als er mich erblickte, und begann mit den Hufen zu scharren.

„Was machst du da?", fragte mich Morlem.

Ich ersparte mir eine Antwort und kramte den Rucksack, den ich gestern hastig gepackt hatte, unter dem Sattel hervor – Gott sei Dank, er war trocken geblieben! Ich gab Neleon ein Stück vom Brot, den Rest nahm ich mit zu Titus und Morlem. „Es ist nur ein kleines Stück und wird nicht lange reichen", erklärte ich.

„Ich hab ja noch die Pilze", erwiderte Titus. „Während ich koche, könnt ihr könnt euch schon einmal waschen." Er deutete den Hügel hinunter. „Im Wald findet ihr einen kleinen See."

„Und du bist ganz sicher, dass du uns zum Baden nicht doch lieber begleiten willst?", sagte ich schmunzelnd mit einem Blick auf Titus zotteliges Haar, und er fing an zu lachen. Es war das erste Mal, dass ich Titus lachen sah, und als auch Morlem nur schwer ein Grinsen unterdrücken konnte, wusste ich, dass ich die Situation entschärft hatte.

Obwohl meine Frage nicht nur Spaß gewesen war, verschob Titus die Körperpflege auf später und ging in die Höhle, um Frühstück zu machen. Morlem und ich liefen den Hügel hinunter.

Der Wald, den wir schon bald erreichten, war groß und

wunderschön. Einzelne Sonnenstrahlen fielen durch das dichte Geäst und erleuchteten den Waldboden. Das Unterholz knackte unter unseren Füßen. Überall blühten Blumen, Bienen surrten und ich sah sogar ein kleines Reh hinter einem Baum hervorlugen. Schweigend stapften wir durch das Gehölz.

Bald kamen wir zu einer kleinen Lichtung. An ihrem äußeren Rand lag ein bläulich schimmernder See, dessen Wasser so still war, dass ich mein Spiegelbild darin erkennen konnte, als ich mich über das Ufer beugte.

Hier wuchsen Gräser, die ich noch nie zuvor gesehen hatte. Auf dem See schwammen Seerosen, eine schöner als die andere. Auch Enten gab es. Manchmal sah man sie in das kristallklare Wasser eintauchen, kurze Zeit später kamen sie wieder an die Oberfläche und quakten leise.

Ich wusch mir erst das Gesicht, dann die Füße. Morlem hatte seine Wut auf mich wohl vergessen und tat es mir nach. Als wir unsere Hände ins klare Wasser hielten, berührten sie sich zufällig. Morlem und ich sahen uns an, mein Herz machte einen Satz, und plötzlich wurde mir ganz flau im Magen. Was war denn los? Das war doch Morlem, nur Morlem, mein bester Freund! Ich war verwirrt, sah weg, dann wieder hin, versuchte, im klaren Hellblau seiner Augen zu ergründen, ob er dasselbe gefühlt hatte.

Morlem schluckte einmal schwer, dann drehte er sein Gesicht weg, entzog sich meinem Blick. „Möchtest du wirklich hier bleiben?", fragte er vorsichtig. Obwohl ich noch gar nicht darüber nachgedacht hatte, wie ich mein waghalsiges Vorhaben in die Tat umsetzen wollte, war ich mir sicher, dass es mit Titus' Hilfe einfacher werden würde.

„Du weißt, dass ich das möchte", antwortete ich leise.

Ein Schatten flog über sein Gesicht. Er sah sehr ernst aus. Traurig. „Wenn es dir so wichtig ist", brachte er mühsam hervor, während er seine Hände anstarrte, die er immer noch ins Wasser hängen ließ, „dann bleibe ich auch."

Ich atmete erleichtert aus. Wenn Morlem in meiner Nähe war, fühlte ich mich einfach sicherer. Ich lehnte mich vorsichtig an ihn. Ein Kribbeln erfasste meine Haut an der Stelle, an der ich ihn berührte. „Danke."

Bevor er etwas erwidern konnte, hörten wir Titus von weit entfernt rufen: „Frühstück ist fertig!"

Wir rappelten uns auf, klopften uns verlegen den Staub von der Hose und beeilten uns, zurück zur Höhle zu kommen. Ich hatte fürchterlichen Hunger. Je näher wir dem Höhleneingang kamen, umso köstlicher duftete es. Mein Magen knurrte lautstark.

Titus hatte sich wirklich Mühe gegeben. Vor ihm auf dem Gras standen ein Kessel mit Pilzsuppe, ein frischer Salat, ein paar Eier, eine Platte mit Früchten und Beeren aus dem Wald und der halbe Laib Brot, den ich ihm vorhin gegeben hatte. Als Morlem und ich staunend auf die Köstlichkeiten starrten, meldete sich Titus zu Wort: „Es ist kein Festmahl – aber wir werden satt."

„Na dann", sagte Morlem und setzte sich ins Gras: „Guten Appetit!"

Ich ließ mich neben Morlem auf den Boden plumpsen und stürzte mich auf die Pilzsuppe. Beim Essen sprachen wir sehr wenig, denn wir hatten den Mund ständig voll. Als wir endlich satt waren und auch den letzten Krümel von den Platten geleckt hatten, half ich Titus, die Blechteller zu säubern. Morlem setzte sich auf den Platz, auf dem ich kurz zuvor gesessen und von dem aus man einen sehr guten Blick auf die Burg Kasadevra hatte. Als ich mich zu ihm setzen wollte, stand er auf und ging weg. Ob er immer noch böse auf mich war? Oder auf Titus? Oder dachte er, genau wie ich, immer noch an den Moment unten am See, als wir uns so tief in die Augen geblickt hatten? Fühlte er wie ich? Dass sich etwas ... veränderte? Was auch immer es war, Morlem verhielt sich mir gegenüber abweisend

~ fünf ~

Ich stand hinter den Heuballen. Der Mann streckte die Hand aus. Er war nur noch wenige Zentimeter von mir entfernt, ich konnte schon den Dreck unter seinen Fingernägeln sehen. Ich hielt den Atem an – wenn er mich fand, war alles aus.

Da hörte ich plötzlich ein Geräusch. Das Rasseln einer Kette, kalt und metallisch. Es kam aus der Burg. Der Mann, der nur wenige Meter von mir entfernt stand und seine Hand nach mir ausstreckte, zuckte zusammen, sah sich hektisch um und verschwand dann lautlos zwischen den Häusern.

Ich war allein, wartete aber noch einen Moment. Nichts geschah. Der kleine Platz vor dem Burgtor lag totenstill da. Nach Minuten traute ich mich endlich, hinter den Heuballen hervorzukommen. Ich wollte gerade zum Burgtor schleichen, um mir die Gemälde noch einmal genauer anzusehen, da schrie eine Frau. Es war ein gellender Schrei, so laut, so verzweifelt und so schmerzerfüllt, wie ich es noch nie in meinem Leben gehört hatte. Ein Todesschrei! Entsetzen packte mich, kroch meine Glieder hoch, als ich hörte, was die Frau da schrie. Sie rief meinen Namen.

„Samia! Wach auf! Es ist nur ein Traum."

Ich keuchte, zwang mich, die Lider zu heben.

„Ist ja gut. Es ist nur ein Traum." Morlem legte den Arm um meine Schultern und schüttelte mich sanft. Titus kniete neben ihm, beide sahen mich mit großen Augen an. Ich nahm einen tiefen Atemzug, versuchte mich zu beruhigen. Es war nur ein Traum gewesen. Morlem hatte recht. Das war nicht echt, ich hatte nur geträumt. Langsam ließ der Schock nach. Aber obwohl ich vor Kälte zitterte, spürte ich, dass ich schweißgebadet war.

„Alles in Ordnung?", fragte Titus besorgt.

„Ja", antwortete ich und versuchte, ein Lächeln zustande zu bringen. „Ist schon gut. Ihr könnt weiter schlafen."

. Aber auch Minuten nach meinem unsanften Aufwachen schwitzte ich immer noch und bekam meinen hektischen Atem nur schwer unter Kontrolle. Immer wieder kamen mir die Bilder aus meinem Traum in den Sinn, an Einschlafen war nicht zu denken. Während Morlem und Titus, die sich wieder hingelegt hatten, bald schon ruhig und gleichmäßig atmeten, musste ich wieder an Arventatia denken, malte mir aus, was sich dort gerade abspielen konnte. Ob inzwischen das totale Chaos ausgebrochen war? Ob die Bürger die geschützte Stadt verlassen hatten? Ich wusste es nicht. Außerdem brachte mich das Raten nicht weiter, ich brauchte endlich einen Plan, musste mit Titus darüber reden, was er vorhatte. Gleich am nächsten Tag würde ich ihn darauf ansprechen.

Meine Gedanken hielten mich wach, ließen mich nicht zur Ruhe kommen. Schließlich stand ich leise auf und trat in den Gang. Mittlerweile fand ich mich trotz der Dunkelheit zurecht. Ich kam schneller voran als beim letzten Mal. Als ich an der Kreuzung ankam, ging ich erneut in den Tunnel, der in die andere Höhle führte. Nach einer halben Ewigkeit, meine Beine waren schon ganz müde geworden, blieb ich stehen, um mich für einen Moment auszuruhen. Dabei stützte ich mich mit den Händen an der Wand ab – und ertastete einen Felsvorsprung. Erleichtert setzte ich mich darauf und ließ meine Beine baumeln. Plötzlich stutzte ich. In den Vorsprung, auf dem ich saß, war etwas eingeritzt. Ich konnte es fühlen, wenn ich mit der Hand darüber fuhr. Ich stand auf und kniete mich vor den Stein, dann versuchte ich, den Dreck, der sich womöglich über Jahrzehnte angesammelt hatte, von den Kratzspuren zu wischen. Es war nicht einfach und dauerte seine Zeit, aber nach einer Weile hatte ich es geschafft und konnte nun mit den Fingerspitzen die Rillen im Stein entlang fahren. Vor meinem inneren Auge nahm ein

Bild Gestalt an. Es war ein gruseliges Wesen mit spitzen Ohren und einer langen Nase, eine hundeartige Kreatur, die das offene Maul zum Himmel reckte.

Ich kannte das Bild. Es war an das Tor der Geisterburg aus meinem Traum gemalt worden. Aber nicht nur daher kam es mir bekannt vor. Ich kannte den Wolf nicht nur aus meinem Traum, sondern hatte ihn erst vor Kurzem auch in der Realität gesehen.

Titus' Dolch. Das eingravierte Wappen. Ein Dolch aus Kasadevra.

Entsetzt wandte ich mich ab. Gedanken schwirrten durch meinen Kopf wie Abertausende von lästigen Insekten. Ich kannte die Geschichten, die über die Wölfe erzählt wurden. Ich wusste, wozu sie fähig waren. Wenn sie kamen, brachten sie nichts als Schmerz, Vernichtung und Tod. Flavius hatte mir einst von den Schreien erzählt, die die Nacht zerrissen, wenn die Wölfe in ein Dorf einfielen. Entsetzliche Schreie. Todesschreie. Doch hier in dem dunklen Gang

war es still. Ich war wie benommen. Was war passiert? Da hatte doch eben noch eine Frau geschrieben! Wer war sie? War sie in Hensis' Gewalt? Die vielen Fragen, die mir in diesem Moment im Kopf herumspukten, machten mich schwindelig. Ich hatte vollständig die Orientierung verloren. Wo war ich?

Ich lag in einem Bett. Ein kleiner, aber doch sehr muskulöser Junge hatte sich über mich gebeugt und sah mich prüfend an. Seine weichen Augen erinnerten mich an das rotbraune Fell eines jungen Rehs, seine Haare waren kurz geschoren und seine schmalen Lippen wirkten rau, beinahe hart. Ich wollte aufspringen, aber er hielt mich zurück.

„Ruhig, ruhig", sagte er sanft. „Du bist hier in Sicherheit."

Ich hörte nicht zu. Wo auch immer ich war, ich musste weg. Panik stieg in mir auf. Der Junge verstand meine Angst offensichtlich nicht, er drückte mich tiefer in die Matratze. Ich schrie.

„Sei still!", flüsterte er und hielt mir die Hand vor den Mund. *„Wenn sie dich hören, bist du tot!"*

Der Druck, den seine Hand ausübte, beruhigte mich. Ich atmete tief ein und aus. Ich durfte jetzt nicht den Verstand verlieren.

„Ich will dir helfen", flüsterte der Junge. *„Kann ich die Hand wieder wegnehmen und du versprichst mir, nicht zu schreien?"*

Ich nickte. Langsam nahm er die Hand von meinem Mund. Er lächelte.

„Wer bist du?", fragte ich mit immer noch weit aufgerissenen Augen. *„Und wo bin ich? Wie komme ich hierher?"*

„Ich bin Lunas", sagte der Junge langsam. *„Du bist in Lybias Haus. Direkt neben dem ersten Wachturm. Deshalb müssen wir auch leise sein, sonst hört uns ein Wächter."*

„Wachturm? Wächter?", keuchte ich und konnte nicht verhindern, dass mir die Angst wieder in die Glieder kroch. *„Wo um Himmels willen bin ich hier?"*

„In Kasadevra." Er sah mich verwirrt an. *„Sag nicht, das wusstest du nicht."*

Mir wurde wieder schwindelig. *„Wer hat da gerade geschrien?"*, brachte ich heraus.

„Ich habe keinen Schrei gehört", antworte Lunas.

In meinem Kopf drehte sich alles, immer schneller, meine Gedanken rasten durcheinander, ich verlor kurz die Besinnung, schloss die Augen, versuchte, mich zu wehren, doch zu spät.

„Samia? Hörst du mich noch?"

Ich brach zusammen

und schlug im nächsten Moment die Augen auf. Wie ein Ertrinkender füllte ich meine Lungen mit der abgestandenen Tunnelluft und atmete ein paar Mal schwer ein und aus.

Langsam dämmerte mir, wo ich war – ich befand mich immer noch im Gang, lag direkt neben dem kleinen Vorsprung mit dem Furcht einflößenden, in den Stein geritzten Bild. Anscheinend war ich ohnmächtig geworden. Ob es hier drin zu wenig Sauerstoff gab? Ich hatte noch nie Schwierigkeiten mit dem Kreislauf gehabt.

Ich erinnerte mich an meinen Traum. Das konnte kein Zufall mehr sein. Dreimal war ich mitten in einer Welt aufgewacht, die sich so real, so echt anfühlte, wie ich es noch nie erlebt hatte! Außerdem waren meine Träume zusammenhängend – wie wahrscheinlich war es, dreimal hintereinander einen Traum zu haben, dessen Handlung zusammenhing, sogar nahtlos am Ende des letzten Traums ansetzte?

Ich musste Titus und Morlem davon erzählen. Als ich mich einigermaßen auf den Beinen halten konnte, tapste ich durch den Tunnel zurück in die Höhle, in der Titus und Morlem noch friedlich schlummerten. Ich weckte sie und erzählte ihnen hektisch von meinen Ausflügen mitten ins dunkle Herz von Kasadevra. Ich ließ nichts aus – berichtete von dem Burgtor, dem Unbekannten auf der Treppe, dem Schrei der Frau und dem Jungen. Als ich endete, herrschte Stille, die nur Sekunden später von einem Lachen durchbrochen wurde.

„Du lässt dir von Träumen solche Angst einjagen?", japste Morlem. „Du spinnst ja! Du hast geträumt, Samia. Dieser Junge existiert nicht. Der Schrei war nicht echt. Gar nichts war echt!"

Beleidigt wandte ich mich von Morlem ab. „Das war kein normaler Traum!" Ich blickte zu Titus, der kreidebleich geworden war. „Glaubst du mir?", fragte ich hoffnungsvoll.

Titus sagte nichts. Morlem sah ihn nervös an.

„Du glaubst ihr?", fragte er.

Titus schwieg immer noch, aber als er merkte, dass wir ihn beide anstarrten, sagte er leise: „Ich muss nachdenken." Dann verließ er hastig die Höhle.

Ich lief ihm hinterher. Erst am Höhleneingang konnte ich ihn einholen. „Diese Träume", stotterte ich, „Titus, das waren keine Träume. Es war unbeschreiblich. Dieser Schrei, er war so echt, so wirklich!"

„Ich weiß," sagte Titus emotionslos, „ich kenne diese Träume."

„Was?", entgegnete ich ungläubig.

„Ich hatte nicht nur den einen Traum, von dem ich euch erzählt habe. Es gab noch andere. Kurz vor meiner Geburtstagsfeier habe ich auch geträumt. Ich sah die Wölfe kommen und meine Eltern verschleppen. Ich habe gesehen, was später passierte."

Eine entsetzliche Stille entstand. Ich war schockiert. „Du meinst, dass ich ... meine Träume ... dass das alles wirklich passieren wird?"

„Bald", sagte Titus tonlos, „sehr bald."

„Das ist ja furchtbar", flüsterte ich mit zitternder Stimme.

„Ja", bestätigte Titus. „Und das Furchtbarste ist, dass es die Burg Kasadevra ist."

„Warum?", fragte ich.

„Wir wollten nach Kasadevra."

„Ja, und?"

„Du kannst auf keinen Fall mitkommen! Sonst wird das passieren, was du geträumt hast. Wir müssen die Zukunft verändern und unbedingt verhindern, dass du in die Burg gelangst. Dieser Junge darf dich nie finden!"

Ich verstand immer noch nicht. „Aber ich muss nach Kasadevra! Es ist meine einzige Chance an Hensis heranzukommen. Ach, du verstehst das nicht!"

„Nein, Samia, du verstehst hier etwas nicht", erwiderte Titus bestimmt. „Keiner weiß, wie die Geschichte zu Ende geht." Er atmete einmal tief durch, dann blickte er mir fest in die Augen. „Wir müssen dich mit aller Macht von der Burg fernhalten."

Ich war fassungslos. In Titus' Blick sah ich, wie ernst es ihm war, und dass ich mir alle Überredungsversuche sparen konnte. Ich drehte mich um und rannte kopflos in den Wald.

~ sechs ~

Ich befürchtete, dass Titus mir folgen würde, aber er tat es nicht. Er rief nicht einmal nach mir. Tränen liefen mir über die Wangen. Ich hatte Angst, ja, jetzt hatte ich wirklich Angst. Ich war allein mit meinen Albträumen, die bald Wirklichkeit werden würden. Ich irrte zwischen den Bäumen umher. In meiner blinden Flucht hatte ich nicht auf den Weg geachtet. Hier kannte ich mich nicht aus, und den Rückweg würde ich sicher nicht mehr finden. Ich hatte weder an Essen noch an Trinken gedacht. Nicht einmal Neleon war hier. Ich war mutterseelenallein. Erst jetzt begriff ich, was dieses Wort bedeutete. Keiner suchte mich, keiner vermisste mich. Titus und Morlem waren ganz bestimmt froh, dass ich weg war.

Ich schlug mich durch das Gestrüpp, auf der Suche nach einer Stelle, die ich kannte, irgendeinen Busch oder Baum, den ich schon einmal gesehen hatte. Aber ich war zu tief in den Wald gelaufen, hatte die Orientierung verloren.

Irgendwann, als meine Tränen versiegten und ich nur noch unter größter Anstrengung einen Fuß vor den anderen setzen konnte, ließ ich mich auf den Waldboden fallen. Nur nicht einschlafen, dachte ich, bitte, bitte, nicht einschlafen! Bleib wach, Samia! Ich wollte nicht schlafen, nicht träumen. Immer wieder klatschte ich mir mit den flachen Händen an die Wangen, riss die Augen ganz weit auf, und plötzlich

blinzelte ich in zwei Gesichter.

„Sie wacht auf."

Diese Stimme. Das war der Junge. Lunas. Und neben ihm ... wer war die Frau? Sie hatte ein freundliches Gesicht, lächelte wie eine Mutter, die sich liebevoll um ihr Kind kümmerte. Sie strich mir zärtlich übers Haar.

„Wie geht es dir?", fragte sie mit leiser Stimme. Ich versuchte zu antworten, aber es ging nicht. Meine Lippen be-

46

wegten sich, aber ich brachte keinen Ton hervor. „Ich bin Lybia, Lunas' Mutter.“

„Erinnerst du dich an mich?“, fragte Lunas. Ich sah ihn an und wollte ihm antworten, aber es ging nicht. Ich spürte mich nicht. Ich versuchte aufzustehen, auch das funktionierte nicht. Was bedeutete das alles? Es war zum Verrücktwerden.

„Iss etwas von der Suppe“, sagte Lybia. Sie nahm einen Löffel, in dem eine heiße Flüssigkeit dampfte, und kam damit auf meinen Mund zu, schob den Löffel hinein. Ich spürte, wie die warme Brühe meinen Hals hinunterlief. Ich konnte es spüren!

In meinem Hals brannte ein Feuer. Es musste gelöscht werden. Die Frau schob mir einen weiteren Löffel Suppe in den Mund. Die Flüssigkeit lief meine Speiseröhre hinunter und löschte den Brand. Ich nickte leicht mit dem Kopf, öffnete den Mund und verlangte mehr. Wieder und wieder schluckte ich die Suppe, die mir die Frau anreichte.

Nach einiger Zeit begann das Gefühl, langsam in meine Beine, meine Arme, meine Lippen und meinen Kopf zurückzukehren.

„Geht es dir besser?“, fragte Lybia erneut.

Ich nickte.

„Weißt du, wie du hierhergekommen bist?“, fragte Lunas.

„Ich – weiß nicht“, stotterte ich.

„Das macht nichts“, sagte Lybia.

Ich lächelte. In diesem Moment klopfte es an der Haustür. Lunas und Lybia zuckten zusammen. „Wir müssen dich verstecken“, wisperte Lybia, „sonst finden sie dich.“

Mutter und Sohn griffen mich unter den Armen und schleppten mich in ein angrenzendes Zimmer. Lunas zog einen Teppich auf dem Boden beiseite und klappte eine versteckte Luke auf. Lybia schob mich durch die Bodenöffnung hindurch in eine Grube.

„Hab keine Angst. Sie werden dich nicht finden!“, ver-

sprach Lunas. „Aber sei ja still!"

Sie schlossen die Luke. Dunkelheit umfing mich. Ich war allein und lauschte den Geräuschen über mir,

dem Wind, der durch die Bäume strich, dem leisen Flattern der Blätter. Es knackte im Unterholz. In der Ferne hörte ich den Ruf eines Käuzchens. Der Wald. Die Sonne schien auf mich herab und kitzelte mich an der Nase. Ich hatte schon wieder geträumt. Entgegen all meinen Bemühungen war ich erneut eingeschlafen! Ich wollte zurück zu Titus und Morlem. Die Einsamkeit und das beklemmende Gefühl, meine eigenen Gedanken nicht mehr kontrollieren zu können, überfielen mich. In meiner Verzweiflung fing ich an zu weinen. Erst leise, dann immer lauter rief ich die Namen von Morlem und Titus. Aber der Wald verschluckte jedes Geräusch. Ich schrie. So laut, dass ich meinte, man müsse es im ganzen Wald hören, auf Titus' Hügel, auf der Ebene, die sich dahinter ausbreitete, und schließlich auch in den dunklen Gassen der Burg Kasadevra. Doch nichts geschah.

Plötzlich wurde es still. Kein Vogel zwitscherte mehr. Mir stockte der Atem. Wen hatte ich mit meinem Gebrüll auf mich aufmerksam gemacht?

„Samia?"

Da war eine Stimme. Mir wurde warm ums Herz, als ich erkannte, wem sie gehörte, und die Erleichterung flutete durch meinen Körper. Ich schaffte es, auf die Beine zu kommen. Dann rief ich Morlems Namen.

Er antwortete, kam näher. Ich lief ihm entgegen, stolperte über Baumwurzeln und Äste, fiel beinahe hin, rappelte mich wieder auf, und nur wenig später sah ich Morlem und Titus auf mich zu laufen. Die beiden sahen schlimm aus. Ihre Gesichter waren mit Kratzern übersät, an ihren Körpern klebten Blätter, in ihren Haaren hatten sich dünne Äste und Laub verfangen.

Ich fiel Morlem in die Arme, mit denen er mich fest

drückte, und sagte erst einmal gar nichts. Aus Titus' Mund quollen unentwegt Fragen. Wo bist du gewesen? Weißt du eigentlich, welche Sorgen wir uns gemacht haben? Hast du Hunger, ist dir kalt? Ich schwieg, wollte den Augenblick in Morlems Armen genießen, schloss die Augen und

es wurde dunkel. Wo war ich? Ich musste in einem Keller oder einem Verschlag sein. Über mir hörte ich Schritte.

„Entweder gibst du uns jetzt das Geld oder wir brennen dein Haus ab", hörte ich eine dumpfe, hässliche Stimme sagen.

„Aber ich habe kein Geld!", weinte Lybia.

„Lügnerin!", schrie eine zweite Männerstimme.

„Wovon sollen wir den Leben?", schluchzte sie.

„Ich zähle bis drei, wenn du uns das Geld dann immer noch nicht gibst, müssen wir deinen Sohn mitnehmen."

Lybia keuchte: „Lasst uns in Ruhe! Wir brauchen das Geld."

„Eins", zählte die Stimme drohend.

„Bitte geht!", rief Lybia.

„Zwei." Es wurde still, dann: „Drei!"

Ein Schrei. Noch einer. Lybia heulte auf. Sie schlugen sie! Ich sprang auf, ich konnte, ich wollte diese Schreie nicht mehr ertragen, suchte nach dem Griff an der Luke.

„Stopp! Hört auf!"

Es wurde erneut still und ich hielt inne. Bis in meinen Verschlag hörte ich das Stöhnen von Lybia.

„Na, Bürschchen?", fragte einer der Männer.

„Hier ist all unser Geld." Lunas' Stimme war tonlos.

„Es geht doch", sagte der Mann. „Fürs Erste sollte das genügen. Aber Lybia, eines sollte dir klar sein: Das war erst der Anfang!"

Ich hörte Lybias Schluchzen.

„Wenn du nicht gehorchst, kennen wir noch ganz andere Mittel", fügte der andere Mann hinzu und ich konnte das

höhnische Grinsen, mit dem er seine Drohung aussprach,
geradezu vor mir sehen.
Die Männer verschwanden. Ich hörte die Haustür zu-
schlagen. Endlich fand ich den Riegel, der die Luke über mir
von innen verschloss. Ich stieß sie auf, krabbelte aus dem
Verschlag. Lybia lag auf dem Boden. Sie wurde von Wein-
krämpfen geschüttelt, Lunas beugte sich schützend über sie.
Ich wollte ihr helfen, zu ihr eilen, doch da wurde mir schon
wieder schwindelig. Ich sank zu Boden. Mir war schlecht.
Dann verschwamm alles und

jemand verpasste mir eine schallende Ohrfeige. Titus
beugte sich über mich. In meinem Kopf rasten die Gedanken durcheinander. Ich weinte, schrie und fluchte über die
Ungerechtigkeit, derer ich gerade Zeuge geworden war. Morlem, der neben Titus kauerte, setzte sich neben mich und
nahm mich fest in den Arm. Nur langsam konnte ich mich
wieder beruhigen. Ich hatte nur geträumt. Wir waren immer
noch im Wald. Morlem und Titus hatten mich gerade erst gefunden. Ich war bei ihnen, alles war gut. Ich blickte mich um
und sah Titus an. Bestürzt erwiderte er meinen Blick.

„Entschuldige bitte die Ohrfeige", sagte er. „Aber du bist
auf einmal in eine Art Trance gefallen und wir haben dich
nicht mehr wach gekriegt."

„Wie lange war ich weg?", fragte ich mit brüchiger Stimme.

„Nur ein paar Sekunden, eine Minute vielleicht", antwortete Morlem.

„Was ist passiert?", fragte Titus.

„Ich war in Kasadevra", sagte ich so ruhig, wie es mir
möglich war. „Ich treffe dort Menschen, die mir helfen."

„Das ist nicht gut", sagte Titus. „Du darfst davon nicht
träumen."

„Ich kann es nicht ändern", gab ich verzweifelt zurück.
Ich konnte doch meine Träume nicht einfach abstellen!

Noch viel weniger konnte ich verhindern, dass ich in Ohnmacht fiel und das Bewusstsein verlor. Was verlangte Titus da von mir?

Er schüttelte den Kopf, dann stand er auf und wandte sich ab. Morlem sah mich kurz an, bot mir seinen Arm und zog mich nach oben. Von ihm gestützt folgte ich Titus durch den Wald. Ich war wie gelähmt vor Angst. Den ganzen Rückweg über zerbrach ich mir den Kopf darüber, was in meinem Traum geschehen war. Ich hatte Lybia schreien gehört. Hensis' Männer hatten sie misshandelt. Und Lunas, was war mit ihm? Er war alles andere als in Sicherheit. Und mit ihm noch viele mehr. Wahrscheinlich wurden noch zahlreiche andere in Kasadevra gequält! Ich musste endlich in die Burg kommen, wir hatten viel zu lange herumgesessen und unsere Zeit vergeudet! Aber ohne Titus und Morlem würde ich das nie schaffen. Ich musste sie irgendwie überreden.

„Titus?", rief ich, als wir am Vorplatz der Höhle angekommen waren.

Er drehte sich um. „Was ist, Samia?"

„Wir müssen endlich nach Kasadevra", sagte ich entschlossen.

Titus schwieg, aber er legte missbilligend seine Stirn in Falten. Er musste nichts sagen, ich kannte seine Antwort. Er machte auf dem Absatz kehrt und lief ohne ein Wort zu sagen in den Tunnel hinein.

Es war eine unruhige Nacht, in der ich immer wieder aus dem Schlaf hochschreckte – allerdings war daran kein Albtraum schuld. Es war seltsam, ich hatte mich schon so an die Träume gewöhnt, dass mich ihr Fehlen misstrauisch machte. Doch nicht nur das irritierte mich. Es lag etwas in der Luft. Morlem und Titus verhielten sich komisch. Oder sah ich mittlerweile Gespenster? Vielleicht wurde ich ja einfach verrückt.

Am nächsten Morgen erwachte ich früh. In der Höhle war es dämmrig, das Feuer in der Nähe unserer Schlafstätte war erloschen, nur eine einzelne Fackel an der Wand brannte noch. Ich wunderte mich darüber, dass Morlem und Titus nicht neben mir lagen. Also stand ich auf, nahm die Fackel und eilte durch den Gang zum Eingang der Höhle. Draußen regnete es in Strömen. Morlem und Titus waren nirgends zu sehen. Ich ging wieder zurück. Als ich mich gerade mit einem von Titus' Büchern hinlegen wollte, um mir die Wartezeit bis zu ihrer Rückkehr zu verkürzen, bemerkte ich einen Zettel, der auf einem Stein neben der Matratze lag. Ich konnte nicht fassen, was darauf geschrieben stand.

Liebe Samia,
ich habe lange überlegt, was ich tun soll, und ich weiß, dass dir diese Entscheidung nicht gefallen wird. Du willst nach Kasadevra, aber es wäre leichtsinnig, dich unnötig in Gefahr zu bringen.
Es ist nicht deine Aufgabe, etwas gegen Hensis zu unternehmen. Das ist etwas für Erwachsene. Ich werde diese Bürde auf mich nehmen, schon lange warte ich auf eine Gelegenheit.
Als ich Morlem von meinem Plan erzählt habe, mich allein in die Burg zu schleichen, hat er protestiert. Er hat sich

sehr verändert, dein Morlem. Am Anfang hat er mich verach-
tet, und ich wusste wieso. Er hat sich Sorgen um dich ge-
macht, Samia. Ich habe lange mit ihm gesprochen, habe ihm
erklärt, dass du ihn hier mehr brauchst. Er hat sich nicht ab-
wimmeln lassen. Er wird mich begleiten.

Es war eine schwierige Entscheidung für ihn. Er weiß,
dass du ihn brauchst, aber auch, dass du dir nichts sehnli-
cher als ein Leben ohne ständige Angst vor Hensis
wünschst. Wir lassen dich allein, Samia, aber wir vergessen
dich nicht. Schon bald werden wir uns wiedersehen, in Ar-
ventatia. Geh dort hin! Geh zu deinen Freunden. Es sind
schwere Zeiten. Der Krieg ist noch lange nicht vorbei.

Nur in Arventatia bist du sicher.

Lebe wohl, Titus.

Sie gingen nach Kasadevra! Ohne mich, denn ich sollte in
Sicherheit sein. Ich sollte die Rolle des schwachen Mädchens
spielen, das in der Burg zurückblieb! In diesem Moment
hasste ich sie für diese Entscheidung, denn sie hatten über
meinen Kopf hinweg bestimmt, als sei ich nicht in der Lage,
selbstständig zu handeln. Wütend schmiss ich Titus' Buch
durch den Raum, griff dann zum nächsten, schleuderte es
auf den Boden. Wie hatten sie nur gehen können? Wie hatte
Morlem gehen können? Er war doch von Anfang an dagegen
gewesen!

Ich hatte Rache nehmen wollen! Es war meine Aufgabe,
nicht seine. Mir traten Tränen in die Augen. Was sollte ich
denn jetzt tun? Wenn ich nach Arventatia zurückkehrte, hie-
ße das, ich würde nachgeben und tun, was sie von mir ver-
langten.

Sollte ich ihnen hinterherreiten? Mir war klar, dass es
nichts bringen würde, hierzubleiben. Zurückkommen würden sie nicht mehr. Ich musste ihnen folgen! Aber Kasadevra
war groß, und selbst wenn ich hineingelangen würde, konnte
es Tage dauern, bis ich sie fand. Wer wusste schon, wo sie

sich versteckten? Wenn sie überhaupt noch lebten. Es war sinnlos. Ich musste nach Arventatia, denn die Burg war der einzige Ort, an dem ich sie vielleicht wiedersehen würde.

Noch am selben Morgen brach ich auf.

Als ich ein paar Stunden geritten war, bekam ich Hunger. Ich wollte gerade vom Pferd springen, um mir ein paar Beeren oder etwas anderes Essbares zu suchen, da hörte ich

ein Hecheln. Wie von einem Hund. Das Geräusch kam aus einem Gebüsch vor mir. Es wurde lauter und da wurde mir klar, dass es sich nicht nur um einen einzelnen Hund handeln konnte. Das Hecheln wurde zu einem Jaulen. Mein Pferd stand still und spitze die Ohren. Ich wagte nicht abzusteigen.

Schon traten sie hinter den Zweigen hervor. Keine Hunde, nein, Wölfe!

Sie waren riesig, mindestens dreimal so groß wie ein ausgewachsener Schäferhund. Anmutig bewegten sie sich auf mich zu, näherten sich mir lautlos. Mit erhobenen Köpfen starrten sie mich an. Ich hielt den kalten dunklen Augen stand, ohne einen blassen Schimmer zu haben, was ich tun konnte. Es waren zu viele, als dass ich mich hätte wehren können. Sie fletschten die Zähne und begannen zu knurren. Neleon scheute und tänzelte ein paar Schritte rückwärts. Erst da merkte ich, dass sie auch hinter uns waren.

Die Wölfe hatten uns umzingelt.

Als einer von ihnen zum Sprung ansetzte, stieg mein Pferd, sodass ich aus dem Sattel fiel. Neleon galoppierte davon und ließ mich allein. Sie hielten ihn nicht auf, ließen ihn entkommen – ich aber hatte keine Chance. Der Wolf, der mein Pferd gerade hatte anspringen wollen, näherte sich mir. Er roch zähnefletschend an meinen Beinen. Ich zitterte. Als er mit seiner riesigen Schnauze an meinem Hals angekommen war, sah ich die glänzenden spitzen Reißzähne in sei-

nem Maul aufblitzen. Ich schloss die Augen und wartete darauf, zu sterben. Ich dachte an Morlem und Titus. Ob sie mich vermissen würden? Vielleicht nicht. Vielleicht waren sie schon tot.

Ein Luftzug fuhr über mein Gesicht. Woher kam dieser Wind? Ich öffnete die Augen und schloss sie nur eine Sekunde später wieder. Was war das für ein Gesicht gewesen? Dieses Grinsen war unheimlich. Kälte durchfuhr mich. Was hatte ich zu verlieren? Ich öffnete die Augen ein zweites Mal.

„Guten Morgen, Prinzessin. Gut geschlafen?", fragte Hensis, der vor mir stand. Ich brachte keinen Ton heraus, war erstarrt vor Entsetzen. „Ist auch egal. Entschuldigst du mich mal kurz?", sagte er und wandte sich an die Wölfe, die immer noch um uns herum standen. Plötzlich hörte ich ein Murmeln, es kam aus Hensis' Mund. Er sah die Wölfe an, sie erwiderten seinen Blick. Es war, als würde er ihnen Befehle erteilen, denen sie gebannt lauschten.

Ich zuckte zusammen, als Hensis sich wieder zu mir umdrehte. Er lachte grausam, höhnisch. Seine kalten Augen funkelten mich noch einen Augenblick lang an, dann verschwand er.

Er war einfach weg. Vom Erdboden verschluckt. Würde er wiederkommen? Nein, denn töten würden mich die Wölfe. Er musste sich die Hände nicht schmutzig machen. Aber warum Wölfe? Warum taten sie das? Bildete Hensis die Wölfe aus? Als Schlächter, Henker, Todbringer? Warum waren sie so groß, kräftig und stark? Es waren keine normalen Wölfe, so viel stand fest.

Ich hatte nicht viel Zeit, über meine Fragen nachzudenken, da die Wölfe auf mich zukamen. Gleich würden ihre langen Krallen in mein Fleisch schlagen und Stücke davon herausreißen.

Doch zu meiner Überraschung taten sie nichts dergleichen.

Sie brachten mich nicht um, sondern wichen zur Seite,

machten Platz für den größten von ihnen, der hervorsprang, mich am Nacken packte und fortzerrte, tiefer in den Wald. Ich war so schockiert, dass ich vergaß zu schreien.

Ich schrak auf. Wieder ein Traum, ein Blick in die Zukunft, wenn es stimmte, was Titus gesagt hatte. Wie konnte ich nur verhindern, dass es wieder geschah? Ich durfte nicht mehr träumen! Aber die Träume kamen, wann sie wollten. Ich konnte mich nicht darauf vorbereiten, konnte mir noch nicht einmal das Schlafen verbieten, da sie mittlerweile schon tagsüber kamen!

Ein Vogelschrei riss mich aus meinen Gedanken. Ich blickte auf, sah vor mir eine Burg und bemerkte, dass Neleon, auf dem ich immer noch saß, stehen geblieben war. Es waren Arventatias Mauern, die sich vor mir auftürmten. Nur war etwas ganz und gar nicht, wie es sein sollte.

Das Tor stand weit offen.

Waren sie verrückt geworden? Wie konnten sie im Krieg das Stadttor geöffnet lassen? Jeder konnte hereinkommen, da war die Eroberung Arventatias für Hensis ja ein Kinderspiel!

Aber Hensis war nicht da. Und auch niemand sonst. Ich ritt näher heran. Als ich die Zugbrücke passierte und durch das Tor ritt, stellte ich schon nach den ersten Metern überrascht fest, dass die Stadt vollkommen leer war. Keine Kinder spielten auf der Straße, wie sie es sonst immer taten. Hatte man es ihnen verboten, weil es zu gefährlich war? Warum hatten sie dann nicht auch das Tor geschlossen?

Ich stieg vom Pferd und ging auf das erstbeste Haus zu. Wer auch immer dort wohnte, ich würde ihn fragen, was passiert war. Irgendetwas ging hier nicht mit rechten Dingen zu. Ich klopfte gegen die Tür. Niemand öffnete. Ich legte mein Ohr gegen das Holz und lauschte ins Innere, konnte aber nichts hören. Ich klopfte noch einmal. Alles blieb still. Anscheinend war niemand in dem Haus. Ich lief zum nächsten Gebäude, klopfte mehrmals und wartete. Als mir auch dort niemand die Tür öffnete, warf ich einen Blick durchs Fenster. Der Raum war leer und dunkel. Niemand war zu sehen. Hier war etwas ganz und gar nicht in Ordnung! Die Stadt war leer und still, ich sah kein einziges Lebewesen. Es war, als hätte man die Burg vergessen, als hätten die Bürger einfach alles stehen und liegen gelassen und wären weggegangen.

War ich zu spät? War Hensis schon da gewesen? Hatte er den Krieg auf seine Weise beendet? Wo konnten sie sein, die Einwohner Arventatias, meine Freunde und all die anderen Menschen? Es sah nicht so aus, als habe es einen Kampf gegeben, denn alles war unversehrt. Es gab keine eingeschlagenen Scheiben, keine zerborstenen Türen, keine ausgebrannten Ruinen. Es wirkte vielmehr so, als sei Hensis gekommen und hätte alle Menschen in Luft aufgelöst. Oder sie weggebracht, denn aus freien Stücken würden die Bürger niemals ihre geliebte Burg verlassen. Wo sollten sie denn sonst auch hingehen?

Sie hatten sich bestimmt nur versteckt! Ich schöpfte neue Hoffnung. Eilig hastete ich die Treppen zur Burg hinauf. Ich rannte die leeren Flure entlang zum großen Thronsaal. Hier hatte ich noch vor ein paar Tagen gestanden und Flavius' Tod miterleben müssen. Ich stieß die schweren Türen auf und erblickte den Thron von König Bero, sah die vielen Tische, die im Saal aufgestellt waren. Die Bürger von Arventatia hatten daran gesessen. Die Männer waren aufgesprungen, als Flavius in den Saal getaumelt war und seine Schreckensnachricht verkündet hatte. *Sie greifen an!* Auf einen der Tische war Dalim geklettert. Ich wusste noch genau, welcher der Tische es gewesen war, einer zur Linken Beros. Die Männer hatten geschrien. Sie hatten kämpfen wollen, den ersten Schritt tun, anstatt auf Hensis' Angriff zu warten. Ob sie sich Bero widersetzt hatten und nach Kasadevra geritten waren? Das würde das Verschwinden der Männer erklären. Aber Frauen und Kinder hätten sie doch nie mitgenommen ...

57

In Gedanken hörte ich die Männer fluchen, die Frauen und Kinder weinen. Ich sah an die Stelle, an der Flavius zu Boden gestürzt war, und in meinem Herzen brannte der Schmerz lichterloh. Immer und immer wieder musste ich an seinen letzten Satz denken. *Sie greifen an.*

Ich sah vor mir, wie er zu Boden sank, mich dabei traurig ansah. Mit dem Pfeil in seiner Brust. Der Pfeil, den einer von Hensis' Leuten abgeschossen hatte. Die Wut übermannte mich. Ich wollte nur noch raus, wollte mir nicht länger ins Gedächtnis rufen, was ich an diesem Ort zuletzt erlebt hatte, und nicht noch einmal mit ansehen müssen, wie Flavius starb. Ich eilte die Treppe hinunter, so schnell, dass ich auf der vorletzten Stufe hinfiel. Mir war schwindelig und schlecht, ich krümmte mich vor Schmerzen.

Die Erkenntnis traf mich plötzlich wie ein Faustschlag. Ich ahnte, was passiert und mit den Menschen geschehen war, wo meine Freunde waren. Es bestand kein Zweifel: Die letzte Hoffnung war dahin.

Hensis war gekommen. Er hatte Arventatia angegriffen, genau wie Flavius gesagt hatte. Doch warum deutete dann nichts auf einen Kampf hin? Warum gab es kein Spuren? Es war alles, wie sonst auch. Alles war da, außer die Bürger Arventatias. Die Burg sah aus, als hätte man sie in einen hundertjährigen Dornröschenschlaf versetzt und alle Bewohner vom Erdboden verschlucken lassen.

Hensis musste sie fortgebracht haben. Aber wozu? Warum hatte er sie nicht getötet? Als ich daran dachte, drehte sich mir der Magen um. Nein, er hatte sie nicht umgebracht, dessen war ich mir sicher. Er hätte dabei Spuren hinterlassen. Man konnte einen ganzen Stamm nicht einfach mit einem Fingerschnippen beseitigen.

Lebten sie also noch? Konnte ich sie finden, vielleicht sogar retten? Ich richtete mich auf. Ich hatte nichts zu verlieren, außer meinem Leben, und das war mir nicht mehr wichtig. Ich hatte sie alle im Stich gelassen, war gegangen, geflohen aus der Burg. Wenn sie noch lebten, wenn Hensis sie gefangen hielt, dann musste ich alles versuchen, um sie zu befreien.

Es hatte viele Stunden gedauert, bis ich wieder bei Titus' Höhle angekommen war. Nun war es dunkel. Der Himmel war klar und wolkenlos. Sterne schienen auf mich hinab. Neleon war müde. Ich hatte mehrmals absteigen und ihn grasen lassen müssen. Aber nun stand ich auf der Erhöhung, vor der sich die Ebene von Kasadevra ausbreitete. Nichts und niemand konnte mich aufhalten. Ich musste zu Hensis, musste Morlem und Titus finden und all die anderen befreien, musste Flavius rächen, koste es was es wolle! Ich war bereit, alles dafür zu tun.

Das Einzige, was mir dabei im Weg stand, war meine Müdigkeit. Nur schwer konnte ich die Augen offen halten. Mir war klar, dass es niemandem etwas bringen würde, wenn ich todmüde versuchen würde, in die Burg zu gelangen, also ging ich in die Höhle und beschloss, eine Nacht darin zu schlafen. Am nächsten Tag in der Morgendämmerung würde ich mir überlegen, wie ich nach Kasadevra gelangen würde. Mir war bewusst, dass ich träumen würde, hatte Angst davor – und konnte dennoch nichts dagegen tun, dass ich kurz darauf, als ich in der Höhle angekommen war, in einen bleiernen Schlaf fiel.

~ acht ~

In weiter Ferne hörte ich, wie die Zugbrücke herunter gelassen wurde und Räder über Holzbretter rollten. Ich vernahm, wie ein großes Tor scheppernd geöffnet wurde und lauschte, als mehrere Wachen den Wagen untersuchten, in dem ich mich verkrochen hatte. Ich hatte keine Ahnung, wo ich war. Aber ich verhielt mich mucksmäuschenstill. Eine Stimme, die mir vage bekannt vorkam, versicherte den Wachen, dass mit dem Wagen ganz bestimmt alles in Ordnung sei. Ich hörte, wie die Pferde über den Asphalt trabten.

Nur eines hörte ich nicht. Es war mir schon in meinen Träumen aufgefallen, und es gefiel mir nicht, denn es war mir fremd. Es war so anders als in meiner Heimat: Das Kinderlachen fehlte. Ich hörte keinen Menschen auch nur ein Wort sagen, keine Vögel zwitschern. Draußen war alles wie tot. Ausgestorben.

Hinter mir wurde Stroh zur Seite geschoben. „Du kannst herauskommen", flüsterte jemand. Ich kletterte aus dem Wagen. So schnell, dass ich mich nicht einmal umsehen konnte, wurde ich in ein Haus hineingeschoben. Als ich nun in der Diele stand, erkannte ich zu meinem eigenen Entsetzen nach und nach, wo ich war.

Ich war in Lybias Haus.

Die Tür fiel mit einem dumpfen Geräusch zu. Ich erschrak und sah mich um, da stand ein Junge und grinste mich an. Ich konnte im ersten Moment nicht glauben, wen ich da vor mir sah, rieb mir die Augen. Dieses Mal war es jedoch kein Traum.

„Lunas?", fragte ich zögerlich.

„Ja, ich bin es. Bitte sei jetzt nicht verwirrt. Ich will dir helfen."

Nicht verwirrt sein? Wie konnte ich denn nicht verwirrt sein? Was machte Lunas hier und war das wirklich der Lunas aus meinen Träumen? Konnte das wirklich wahr sein?

„Wie komme ich hierher?", fragte ich. „Ich meine, ich schlafe doch nicht mehr, oder?"

„Nein", sagte er und lächelte breit. Er kannte mich, wusste offenbar, was hier passierte.

Aus einem angrenzenden Raum trat Lybia, die Frau, der ich schon einmal träumend begegnet war. Sie winkte mich in die Küche, forderte mich auf, Platz zu nehmen.

Ich war wie benommen. In meinem Kopf drehte sich alles. Wie war ich hierher gekommen? Gerade noch hatte ich mich in Titus' Höhle hingelegt, und jetzt war ich im Inneren der Burg, in der Hensis das Sagen hatte. Ich war meinem Ziel einen großen Schritt näher gekommen, konnte mich aber nicht erinnern, wie. War es richtig, hier zu sein? So nahe an dem Mann, über den man mir schon als kleines Kind schreckliche Geschichten erzählt hatte? Geschichten, bei denen sogar den Erwachsenen ein eiskalter Schauer über den Rücken lief.

Sie sagten immer, dass Hensis der grausamste Mensch unserer Zeit sei, und dass Gott ihn irgendwann für all seine Untaten bestrafe. Er werde in die Hölle kommen, das hatte auch Flavius gesagt, als er mir und den anderen Kindern, die sich um das Feuer geschart hatten, eines Abends von Hensis' Untaten erzählte. Die Kinder hatten mit offenstehenden Mündern da gesessen, manche hatten angefangen zu weinen, doch Flavius hatte nicht aufgehört zu reden. Schließlich war es wichtig für uns alle. Wir sollten daraus lernen. Hensis war schon immer ein Mahnmal der Abschreckung gewesen; so wie er sollte niemand werden.

Ich hätte gewarnt sein müssen, und doch war ich hierher gekommen, trotz der Warnung, die so unmissverständlich gewesen war. All die Tage hatte man mich belehren wollen, nun stellte ich fest, dass all das nichts genützt hatte. Ich war hier.

„Sie ist etwas verwirrt", flüsterte Lunas Lybia zu.

Lybia sah mich lächelnd an. „Es ist alles gut", sagte sie. „Du bist in Sicherheit." Sie legte die Hand auf meine Schulter. Erst jetzt merkte ich, dass ich zitterte.

„Vergiss mich und Lunas", sagte Lybia. „Du hast eine Aufgabe. Deine Freunde Morlem und Titus, sie brauchen dich."

Ich brachte kein Wort über die Lippen. „Ihr kennt Titus und Morlem?"

„Ja. Sie wurden bei dem Versuch, in die Burg zu gelangen, gefangen genommen", sagte Lybia leise. „Sie brauchen dich, Samia. Titus hat nach dir geschickt." Sie sah mich an, schüttelte mich sanft an der Schulter. „Wir haben viele Spione in den Kerkern, deswegen haben wir davon erfahren. Du bist in Kasadevra. Lunas hat dich hierher gebracht. Titus hat ihm gesagt, wo du bist."

Lunas erhob das Wort. „Ich habe dich in der Höhle gefunden, du hast geschlafen und warst nicht richtig ansprechbar. Da habe ich dich einfach auf meinen Wagen gepackt und in die Burg geschmuggelt."

Lybia flüsterte Lunas etwas zu, dann drehte sie sich wieder zu mir und sagte mit ernstem Gesicht: „Deine Freunde werden sterben, wenn du ihnen nicht hilfst!"

Es war, als würde ein Schalter in meinem Kopf umgelegt werden. Plötzlich verstand ich. Dann fiel ich in Ohnmacht.

Als ich die Augen wieder öffnete, war alles um mich herum still. Was war passiert? Ich lag in einem Bett. Ein Junge beugte sich über mich.

„Ruhig, ruhig", sagte er sanft. „Du bist hier in Sicherheit."

Ich hörte nicht zu. Wo auch immer ich war, ich musste hier weg. Panik stieg in mir auf.

„Ich will dir helfen", flüsterte der Junge.

„Wer bist du?", fragte ich. „Und wo bin ich?"

„Ich bin Lunas", sagte der Junge langsam. „Du bist in Lybias Haus, in Kasadevra."

In meinem Kopf drehte sich alles, meine Gedanken rasten durcheinander. Ich verlor kurz die Besinnung, schloss die Augen, versuchte, mich zu wehren, doch zu spät.

Ich kam wieder zu mir und blinzelte müde in zwei Gesichter.

„Sie wacht auf."

Diese Stimme. Das war Lunas. Und neben ihm ... wer war die Frau?

„Erinnerst du dich an mich?", fragte Lunas. Ich sah ihn an und wollte ihm antworten, aber es ging nicht. Ich spürte mich nicht. Ich spürte nicht, dass ich da war.

„Du bist in Sicherheit. Ich bin Lybia, Lunas' Mutter."

Ich aß etwas von der Suppe, die mir die Frau reichte. Langsam kam das Gefühl in meine Beine, meine Arme, meine Lippen und meinen Kopf zurück.

„Geht es dir besser?", fragte Lybia.

Ich nickte mit dem Kopf.

„Weißt du, wie du hierhergekommen bist?", fragte Lunas.

„Ich – weiß nicht", stotterte ich.

„Das macht nichts", sagte Lybia.

Ich lächelte. In diesem Moment klopfte es an der Haustür. Sie brachten mich in einen anderen Raum und versteckten mich in einem Loch im Boden, das sie mit einer schweren Luke verschlossen. Dunkelheit umfing mich.

In meinem Traum war ich schon einmal durch diese Luke gestiegen. Lunas und Lybia hatten mich damals vor Hensis' Leuten versteckt. Langsam dämmerte mir, was gerade geschah. Und endlich verstand ich die Rolle, die ich bei dem Ganzen spielte.

Über mir hörte ich Schritte. „Ich zähle bis drei, wenn du uns das Geld dann nicht gibst, müssen wir deinen Sohn mitnehmen."

Ein Schrei. Noch einer. Lybia heulte auf.

„Stopp! Hört auf!"

Es wurde still.

„Hier ist all unser Geld." Lunas' Stimme war tonlos.

Die Männer verschwanden. Ich öffnete die Luke, die das Loch verdeckte, in dem ich gesteckt hatte. Lybia lag auf dem Boden, Lunas hatte sich über sie gebeugt.

Das hatte ich alles schon einmal erlebt! In meinen Träumen hatte sich genau diese Szene vor meinen Augen schon einmal abgespielt, und nun wiederholte sie sich. Das war der Beweis, dass Titus' Theorie stimmte. Jeder meiner Träume würde sich in der Realität wiederholen! Auch die schlimmen. Auch mein letzter, in dem ich von den Wölfen fortgeschleppt worden war, in dem ich Hensis begegnete. Der Boden unter meinen Füßen begann zu wanken. Ich war fassungslos.

„Samia", stöhnte Lybia. „Ihr müsst die anderen befreien! Ich bin in Ordnung, nur ein paar Prellungen. Beeilt euch!"

Lunas stand auf und kam zu mir. Ich stand immer noch in der verborgenen Grube.

„Seid vorsichtig!", sagte Lybia.

Dann stieg er zu mir hinunter und lief voran durch einen Schacht, der tief unter die Erde führte.

„Hier gibt es einen Geheimgang", erklärte Lunas. Ich folgte ihm. „Er führt direkt in den Kerker", sagte er, und als ich immer noch nichts erwiderte, drehte er sich zu mir um: „Verstehst du denn nicht?", fragte er.

Ich schüttelte den Kopf. Das war alles ein bisschen viel auf einmal, was es da zu verstehen gab.

„Du siehst gleich alle wieder. Morlem und alle anderen!" Mein Herz fing heftig an zu schlagen. Eine Woge des Glücks rollte über mich hinweg, nur mühsam konnte ich ein heftiges Schluchzen unterdrücken. Was passierte hier? Träumte ich?

„Danke", sagte ich leise und sah zu Lunas auf.

„Schon gut. Komm, weiter", meinte er.

Ich würde Morlem wiedersehen.

~ neun ~

„Samia!" Es war Morlems Stimme. Als ich ihn entdeckte, stürmte ich auf ihn zu und riss ihn fast zu Boden.

„Morlem!", rief ich und ein Stein der Erleichterung fiel mir vom Herzen. Erst nach einigen Momenten ließ ich ihn wieder los und sah mich um. Hinter Morlem standen Titus und König Bero. Sie lebten! Ich zählte fast zwei Dutzend Menschen im dämmrigen Licht, Männer, Kinder und Frauen. Einige der Männer erkannte ich. Es waren Gefolgsleute des Königs, seine engsten Berater und die Stammesältesten.

„Es tut mir so leid", sagte ich, dann versagte mir die Stimme.

„Wofür entschuldigst du dich?", fragte Bero.

„Ich habe euch alle im Stich gelassen! Ich bin einfach abgehauen."

„Was hättest du schon machen können?", erwiderte Bero. „Wir können froh sein, dass du weggelaufen bist! Sonst säßest du nämlich auch hier drinnen, und dann könntest du uns nicht helfen."

Erst jetzt nahm ich die Umgebung wahr. Wir befanden uns in einem Kerker, um uns herum dicke, steinerne Mauern. Ich fragte mich, wieso König Bero und seine Untertanen nicht einfach durch den Gang, der mich zu ihnen geführt hatte, flohen, kam jedoch nicht dazu, Bero danach zu fragen, da mir in diesem Moment etwas Schreckliches auffiel. „Was ist mit den anderen?", fragte ich. „Was hat Hensis mit ihnen gemacht?"

„Sie sind in anderen Kerkern untergebracht", beantwortete Titus meine Frage.

Ich war froh, dass sie noch lebten, aber das Gefühl währte nicht lange. Denn nach der Freude kam jetzt die Wut. „Warum seit ihr ohne mich gegangen?", fragte ich Morlem und Titus, vielleicht eine Spur schärfer, als es nötig gewesen wäre. „Ich wäre doch mitgekommen!"

„Das weiß ich", sagte Titus milde. „Wir wollten dich nicht in Gefahr bringen, Samia. Du hast von der Burg geträumt, erinnerst du dich?"

„Natürlich", antwortete ich. Und mit einem Seitenblick auf Morlem fuhr ich fort: „Und dass ich recht hatte und dass meine Träume echt sind, habe ich auch gemerkt." Dabei deutete ich auf Lunas, der sich im Hintergrund hielt.

„Ich habe es dir ja gesagt", sagte Titus. Morlem schwieg, guckte zerknirscht zu Boden.

„Aber jetzt seid ihr in diesem Kerker eingeschlossen", flüsterte ich. „Meinetwegen seid ihr hier gefangen!"

„Nein, nicht deinetwegen." Bero trat zu mir und legte eine Hand auf meine Schulter. „Wir wurden verraten. Dalim, dieses Schwein, hat Hensis in der Nacht die Tore zur Stadt geöffnet! Er hat seine eigenen Mitbürger, die Wachen, die uns in dieser Nacht beschützen und warnen sollten, vergiftet – jedenfalls kann ich mir nicht anders erklären, warum sie allesamt in dieser Nacht starben. Hensis stürmte im Morgengrauen die Burg, nahm uns alle gefangen. Seine Anhänger schleppten uns fort und sperrten uns hier ein. Später haben sie auch Titus und Morlem gefasst. Lunas und Lybia leben in Kasadevra, auch sie hat Hensis einst verschleppt und hält sie nun schon viele Jahre in der Burg gefangen. Zusammen mit ihnen kannst du uns retten, Samia. Sie kennen viele Leute, die gegen Hensis sind."

„Ich verstehe das nicht", sagte ich. „Wieso tut Hensis das? Er verschleppt doch sonst niemanden! Er bringt sie um, an Ort und Stelle. Was hat er davon, sie hierher zu bringen?"

Nun trat Lunas vor und ergriff zum ersten Mal das Wort. „Hensis will sie alle umbringen, will das Morden diesmal aber zu einem richtigen Fest machen. Er will den Gefangenen nacheinander die Köpfe abschlagen, will es in aller Öffentlichkeit tun. Auf dem Marktplatz, wenn man den Gerüchten trauen kann. Ich und Lybia wurden mit unserem gesamten Dorf schon vor langer Zeit nach Kasadevra gebracht. Uns braucht Hensis, wir arbeiten für ihn als Sklaven, ernten sein Korn, backen sein Brot und decken seinen Tisch. In letzter Zeit gab es jedoch Aufstände. Wir fangen an uns zu wehren, gehorchen jetzt nicht mehr wortlos wie früher. Vermutlich will er uns mit eurer Ermordung Angst machen, uns zum Schweigen bringen. Er wird uns zwingen zuzusehen. Das wird den Willen vieler Gefangenen brechen, sie werden sich danach hüten, je wieder etwas Schlechtes über Hensis zu sagen und ihm eher die Füße küssen, anstatt sich noch einmal gegen ihn aufzulehnen."

Es schien plausibel. Alles, was Lunas über Hensis sagte, traute ich ihm zu. Ich schaute zu Morlem, der starr zu Boden blickte.

„Samia, du musst uns helfen", sagte Bero. „Nicht nur uns, den Bürgern Arventatias, sondern auch Lunas und seinen Mitbürgern. Hunderte von Menschen wollen aus der Burg fliehen und wir werden es schaffen, denn wir haben einen Plan!"

„Natürlich, es ist ganz einfach!" Ich zeigte auf den Tunnel, durch den ich mit Lunas in den Kerker gelangt war. „Ihr kommt mit uns durch den Gang und dann schmuggelt uns Lunas mit dem Heuwagen raus und ..."

„Wir sind zu viele", unterbrach mich König Bero. „Wir alle wollen entkommen, Samia, und ich werde nicht gehen, ohne jeden einzelnen meiner Bürger in Sicherheit zu wissen. Wenn wir fliehen, müssen wir es alle gleichzeitig tun und das in sehr kurzer Zeit. Wenn eine Wache bemerkt, dass wir aus dem Kerker verschwunden sind, werden die anderen sofort sterben! Hensis' wird keine Gnade zeigen."

„Im Gegenteil", setzte Titus ein, „er wird schrecklich wütend werden, die Kerker durchsuchen, den Gang entdecken und niemanden mehr aus der Burg lassen. Er wird uns früher oder später finden, egal wo wir uns verstecken."

„Aber wir haben einen anderen Plan!" Morlem sah mir

tief in die Augen. „Wir werden durch einen anderen Gang fliehen." Er deutete in eine Ecke. Zwei von Beros Vertrauten schoben einen Haufen Stroh zur Seite und hoben ein paar lose Bretter hoch. Ein großes Loch kam zum Vorschein.

„Durch diesen zweiten Gang werden bald schon alle Menschen, die Hensis hier gefangen hält, entkommen. Wir graben stündlich daran. Es ist nicht einfach, da Hensis' Wachen uns ständig kontrollieren. Wir müssen rechtzeitig aufhören zu graben und sofort, wenn sie weg sind, wieder anfangen, damit wir rechtzeitig fertig werden."

„Dauert das nicht viel zu lange?" Richtig überzeugt war ich von dem Vorhaben nicht. Ich hatte so schreckliche Angst um sie, dachte immer wieder an Lunas' Worte. Er hatte gesagt, Hensis wolle alle enthaupten lassen.

„Wir haben nicht vor, bis zum Rand der Burg zu graben", antwortete Bero. „Wir wollen nur bis zu einem anderen Tunnel stoßen, der nach draußen führt."

„Wie viele geheime Gänge gibt es denn?", fragte ich erstaunt.

Lunas erklärte: „Sehr viele! Sie sind unter der ganzen Burg verteilt. Einige von ihnen kennt Hensis, andere aber nicht. Und der Gang, zu dem wir uns durchgraben, ist auf keiner von Hensis' Karten eingezeichnet. Ich habe ein paar von ihnen mitgehen lassen, als ich direkt im Schloss arbeitete. Hensis ließ sie offen herumliegen, was ihm nun zum Verhängnis wird. Der Gang, auf den wir stoßen werden," er zeigte wieder auf das Loch, „beginnt in Titus' Höhle und führt unter der Burg bis hierher."

Ich war sprachlos. Alles ergab plötzlich einen Sinn! Ich erinnerte mich an die in den Stein geritzte Zeichnung in dem Tunnel, den ich bei einer meiner nächtlichen Wanderungen erkundet hatte. Er führte zu den Kerkern! Das konnte doch alles kein Zufall sein. Ich war hier, um den Plan mit Lunas und Lybia, mit den Menschen, die ich aus meinen Träumen kannte, in die Tat umzusetzen.

Lunas sagte, dass es Zeit sei, zurückzugehen. Die Wachen kämen bald. Ich hatte wenig Lust zu gehen, hatte noch so viele Fragen, doch mir war bewusst, dass wir vorsichtig sein mussten. Wenn wir entdeckt würden, wären wir alle tot. Ich verabschiedete mich von Morlem, Bero und den anderen Männern. Als ich auch von Titus Abschied nehmen wollte, zog er mich beiseite. Er griff in eine Tasche seines Kittels und überreichte mir einen silbrig glänzenden Gegenstand. Ich traute meinen Augen nicht: Es war der Dolch, der eines Morgens in seinem Bett gelegen hatte, Hensis' Dolch!

„Nimm ihn", befahl er. Es war kein Befehl, wie ihn Hensis oder einer seiner Anhänger aussprechen würde, dennoch wusste ich, dass er keine Widerrede dulden würde. „Du wirst ihn brauchen. Du bist ein junges Mädchen und trägst keine Waffe bei dir. Das muss sich ändern!" Es schien ihm sehr ernst zu sein und insgeheim fühlte ich mich sehr geschmeichelt, dass Titus mir eine so kostbare Waffe anvertraute und sich allem Anschein nach um mich sorgte. Ich nahm Titus den Dolch aus den Händen und steckte ihn ohne lange nachzudenken in den Schaft meines Stiefels. Titus sah auf meine Füße. „Ein sehr gutes Versteck."

Ich nickte.

„Pass auf dich auf!", sagte er, dann zog mich Lunas sanft am Arm in Richtung des Tunneleingangs, aus dem wir gekommen waren. Wir liefen den geheimen Gang zurück. Ich war verwirrt, wusste nicht, ob ich träumte oder wachte. Passierte mir das alles wirklich? Ich hatte Schwierigkeiten, Wirklichkeit und Traum auseinanderhalten. Ich wusste nicht, was Einbildung war und was Realität. Doch als wir aus der Bodenöffnung in Lybias Haus kletterten und ich das kalte Metall des Dolches in meinem Stiefel spürte, wischte ich meine Zweifel beiseite.

Ich stellte mich darauf ein, vorerst bei Lunas und Lybia zu bleiben, musste aber vorsichtig sein und durfte nicht aus dem Haus, weil die Gefahr zu groß war, von Hensis' Männer entdeckt zu werden. Am Abend meiner Ankunft in Kasadevra lag ich noch lange wach im Bett. Ich hatte Angst davor, einzuschlafen, fürchtete mich, zu träumen. Ich konnte nur mit Mühe meine Augen offenhalten,

da fragte mich plötzlich die schaurigste Stimme, die ich je gehört hatte: „Na, wie geht es dir, Samia?"

Seine große Gestalt stand über mir. Er grinste mich an. Ich sah die hässliche Narbe in seinem Gesicht. Erst als ich mich von dem entsetzlichen Anblick lösen konnte, bemerkte ich, dass ich im Haus von Lybia war. Ich lag in ihrem Bett. War das wieder ein Traum? Oder die Zukunft?

Ich wollte aufstehen, da umfasste Hensis mit hartem Griff mein Handgelenk.

„Wo sind Lunas und Lybia?", sagte ich mit einem leichten Zittern in der Stimme. Hensis grinste immer noch und zeigte in eine Ecke des Raums.

Mein Herz blieb stehen. Ich zwang mich, weiter zu atmen. In der Ecke sah ich sie, leblos auf dem Boden liegend. Sie hatten tiefe Schnittwunden am ganzen Körper. Eine Blutlache hatte sich um sie gebildet. Ihre Augen standen offen, leer.

„Nein!", schrie ich und entriss mich Hensis' Griff.

Er wurde zornig. „Dachtet ihr, ihr könntet mich austricksen? Habt ihr wirklich gedacht, ich würde es nicht merken?"

Mir wurde schwindelig. Bitte nicht, nicht Lunas! Nicht Lybia! Sie hatten mich zu meinen Freunden gebracht, sich meinetwegen in große Gefahr gebracht! Warum sie? Warum starb nicht ich an ihrer Stelle? Ich sank zu Boden

und erwachte. Tränen flossen mir über das Gesicht. Neben dem Bett kniete Lybia, Lunas stand hinter ihr. Sie reichte mir eine Tasse. „Trink das", sagte sie. „Das wird dir gut tun!" Ich tat, wie mir geheißen.

„Titus hat mir von deinen Träumen erzählt. Du musst damit aufhören!", rief Lunas wütend. Ich zuckte zusammen.

„Lass sie!", sagte Lybia mit bebender Stimme. „Sie muss erst einmal zu sich kommen."

In meinem Kopf herrschte heilloses Chaos. Ich konnte keinen klaren Gedanken fassen – ich musste Lunas und Lybia warnen, ihnen sagen, dass sie sterben würden, wenn wir den Plan weiter verfolgten! Hensis würde es merken. Ich hatte es gerade gesehen!

Lunas atmete tief durch und wandte sich von mir ab. „Samia, du darfst das nicht zulassen", sagte er mühsam beherrscht.

„Der Plan ist falsch!", schrie ich. „Wenn wir ihn befolgen, werdet ihr ... werdet ihr ..." Ich konnte es nicht aussprechen.

„Es sind Träume!", fuhr mich Lunas an. „Was auch immer du träumst, es kommt am Ende sowieso, wie es kommen soll. Die Zukunft lässt sich nicht verändern!"

Ich fing an zu weinen, konnte die Verantwortung, die auf mir lastete, nicht tragen. Ich hatte die traurige Gewissheit, dass Lunas und Lybia durch Hensis' Hand sterben würden und dass er mir und vermutlich allen anderen, die ihn hintergehen wollten, ebenfalls so ergehen würde! Wie sollte ich damit umgehen? Ich musste etwas tun. Aber ich konnte das Leben aller nur retten, wenn ich den Plan befolgte, wenn ich ihnen half, durch den Geheimgang zu fliehen. Auch wenn das meinen sicheren Tod bedeutete. Ich hatte keine Wahl, konnte nur noch hoffen, dass meine Träume nicht immer die Zukunft vorhersagten. Konnten sich Träume irren? Ich hoffte es so sehr.

Lunas unterbrach meine Gedanken „Noch ein paar Tage, Samia. Dann werden wir durch dem Tunnel hinaus in die Freiheit kriechen."

„Und was machen wir danach?", fragte ich tonlos. Die ganze Situation kam mir so absurd vor. Ich fragte nach der Zukunft, obwohl ich wusste, dass wir keine hatten. „Wir können nicht ewig vor Hensis weglaufen."

„Irgendwann wird es zum Krieg kommen", antwortete Lunas, noch leiser als zuvor.

Krieg. Wie ich dieses Wort hasste. Krieg war etwas Schreckliches. Der Krieg kannte nur zwei Farben: Schwarz oder Weiß. Tod oder Leben. Selbst wenn wir alle aus dem Kerker befreien konnten, würden viele bei den Kämpfen, die in der Zukunft stattfinden würden, ums Leben kommen. Doch selbst wenn wir noch weitere Menschen verlieren sollten – meine Aufgabe war es, so viel Gefangene wie möglich aus Kasadevra zu retten. Es war die schwerste Aufgabe, die ich je bekommen hatte.

~ zehn ~

Als ich am nächsten Morgen erwachte, war es noch sehr früh. Ich hatte mich etwas beruhigt, versucht, in meinem Kopf Klarheit zu schaffen. Es gab keine andere Lösung, uns blieb nur der Versuch einer Flucht. Lunas schlief neben mir. Ich hörte Lybia in der Küche hantieren, also stand ich auf und ging zu ihr, um ihr ein bisschen Gesellschaft zu leisten. Sie kochte Tee und bot mir eine Tasse an. Ich wollte sie gerade auf unseren Plan ansprechen, da hämmerte jemand gegen die Tür.

Lybia ließ vor Schreck die Teekanne fallen, die mit einem klirrenden Geräusch in tausend Stücke zersprang. „Das sind Hensis' Leute!", wisperte sie aufgeregt. „Schnell, in den Gang!"

Ich rannte ins andere Zimmer und stieß die Luke auf. Eilig kletterte ich in die Dunkelheit und schloss die Tür von innen, Lybia schob rasch den Teppich über die Luke. Erneut hörte ich das Hämmern an der Tür.

„Wir wissen, dass du da bist, Lybia! Mach sofort die Tür auf!" Ob es Hensis war? Würde er sie heute töten?

„Ich komme schon!", sagte Lybia hektisch, dann hörte ich, wie die Tür geöffnet wurde.

Schwere Schritte polterten über den Holzboden. Ein Paar Füße, das in dicken Stiefeln steckte, blieb direkt über meinem Versteck stehen. Ich hielt vor Anspannung die Luft an.

„Was wollt ihr denn schon wieder?", fragte Lybia mit zitternder Stimme.

„Was wir wollen?" Der Mann klang sehr ernst. „Dein Geld wollen wir!"

Lybia bemühte sich ruhig zu bleiben. „Ich hab euch schon alles gegeben, was ich habe!"

„Hensis meint aber, es reicht nicht", hörte ich jetzt eine andere Männerstimme. Sie war heller, als die zuvor, krächzender.

„Ich hab nicht mehr!" Ich spürte Lybias Wut.

Plötzlich hörte ich einen Knall, dann einen Schrei von Lybia. Entsetzt sprang ich auf und wollte schon die Tür zu meinem kleinen Verschlag aufstoßen. Erst im letzten Moment fiel mir ein, dass mich die Männer unter gar keinen Umständen entdecken durften. Außerdem stand der mit den schweren Stiefeln immer noch auf der Luke, die unter dem Teppich versteckt war. *Hensis bringt sie nicht um*, dachte ich. *Hensis ist nicht hier. Jetzt werden sie nicht sterben.*

Die Männer schlugen Lybia erneut. Mich kostete es enorme Kraft, ruhig zu bleiben. Was war mit Lunas? Er musste doch längst aufgewacht sein. Warum ließ er zu, dass sie seine Mutter so misshandelten?

„Nehmt den Schrank hier, mit allem was darin ist", wimmerte Lybia.

„Es geht doch", sagte die hellere Stimme.

Plötzlich hörte ich einen weiteren Schrei, allerdings nicht von Lybia, sondern von dem Mann auf der Luke. Irgendetwas hatte ihn niedergeworfen und wälzte sich mit ihm über den Boden.

Ich versuchte, Ruhe zu bewahren.

„Ahhh!" Das war Lunas! Er war also doch aufgewacht, hatte versucht, sich und seine Mutter zu verteidigen. Besonders schlau war sein Angriff allerdings nicht gewesen, denn nach den Geräuschen zu urteilen war er nun ebenfalls in der Gewalt der Männer.

Der Mann, der immer noch auf dem Boden lag, fluchte krächzend. Ich hörte einen weiteren Schlag. Lunas schrie auf, Lybia schluchzte.

„Du frecher Bengel", schrie die tiefe Stimme und schlug erneut zu. „Dich werde ich ..."

Im Inneren meines Verschlags musste ich schwer an mich halten, um nicht nach oben zu springen und Lunas zu Hilfe zu eilen. Vor Wut, Entsetzen und Hilflosigkeit biss ich in meine geballte Faust und stöhnte lautlos.

„Warte!", krächzte die hellere Stimme plötzlich. „Was ist das?"

Ich konnte nicht sehen, worauf der Mann deutete. Alles, was ich sah, war kohlrabenschwarze Dunkelheit. In meinem Versteck war ich blind, hilflos. Was hatte er entdeckt? Was hatte ihn abgelenkt? Was gab es in Lybias Haus, das einen von Hensis Männern interessierte?

„Schieb den Teppich weg!", befahl der Mann ruhig. Und da wurde mir klar, was ihm aufgefallen war. Die Luke! Und ich, darunter, auf dem Präsentierteller. Der Teppich musste bei Lunas' Angriff verrutscht sein, und er sah das geheime Versteck. Nun würden sie den Gang finden, Hensis warnen, und er würde kommen und sie töten – genau wie ich es gesehen hatte! Mein Traum würde Wirklichkeit werden!

Ich entschied im Bruchteil einer Sekunde. *Weg hier!* Ich rannte, tastete mich blindlings und stolpernd den Gang entlang. Es durfte nicht passieren! Es wäre meine Schuld, ich hatte es Lunas und Lybia nicht gesagt, sie nicht gewarnt! Ich rannte noch tiefer in den Tunnel.

Noch war mir nicht klar, was ich machen würde, wenn ich im Kerker ankam. Sie würden mich entdecken! Nur nicht darüber nachdenken – weiterlaufen! Ich trieb mich in Gedanken an. *Weiter!*

Der Gang wurde etwas schmaler, ich musste mich ducken, um weiterzukommen. Wie lange würde es dauern, bis sie begriffen, dass es ein geheimer Tunnel war, und wie lange würden sie brauchen, um bis in den Kerker vorzudringen?

Am Ende des Schachts glomm ein schwaches Licht in der Dunkelheit auf. Ich stürzte die letzten Meter voran und kroch aus dem Loch in der Kerkerwand, da sah ich schon Bero und die anderen.

„Samia!" Erstaunt sah mich der König an. „Es ist schön, dich so schnell schon wiederzusehen!"

„Nein", keuchte ich.

„Was ist los?", fragte Morlem, der auf mich zukam.

„Hensis Leute haben den Geheimgang entdeckt! Sie werden gleich da sein!"

Entsetzt starrten mich die Leute an. Die Gewissheit, durch meine blinde Flucht in den Kerker all diese Menschen ins Verderben gestürzt zu haben, zerriss mich innerlich. Wie naiv war es gewesen, zu denken, ich könnte es aufhalten, die Zukunft verändern?

Morlem handelte sofort. „Wir müssen dich verkleiden. Du", er drehte sich zu einem Mädchen um, das direkt hinter ihm stand, „gib ihr deine Jacke!"

Ich hätte mich den Wachen ausliefern sollen! Stattdessen hatte ich mich in einem Loch in der Erde versteckt und die Wachen direkt hierher geführt. Und obwohl Morlem wusste, dass meinetwegen gleich bewaffnete Männer kommen und alle Fluchtpläne durchkreuzen würden, wollte er mich dennoch beschützen.

Bero reagierte ebenfalls blitzschnell, stupste einen Mann neben ihm an: „Dein Hut!"

Ich tat, was sie wollten, unfähig, an etwas anderes zu denken als daran, wie selbstsüchtig ich mit meiner unüberlegten Reaktion gehandelt hatte. Das Entsetzen über das, was ich getan hatte, lähmte mich. Ich zog die muffige Jacke an und setzte den Hut auf, der so groß war, dass er mir ins Gesicht rutschte. Bero bückte sich auf den Boden, nahm etwas Dreck in die Hände und schmierte ihn mir großzügig ins Gesicht.

„Ja! Gut so, und jetzt benehmt euch alle ganz normal!", rief er den anderen zu. Sie setzten sich so hin wie vor meiner Ankunft.

„Geh ganz nach hinten, Samia!", flüsterte Morlem. Also folgte ich dem Mädchen, das mir die Jacke gegeben hatte, in einen dunklen Winkel des Raums und setzte mich so, dass die Wachen nur meinen Rücken sehen konnten, wenn sie durch den Geheimgang den Kerker betreten würden.

Die Sekunden verstrichen, dann hörte ich ein Fluchen aus der Ecke, wo der Geheimgang in das Verlies mündete. Die Schritte näherten sich.

„Tut entsetzt!", flüsterte Bero, da hörte ich schon den Aufschrei.

„Nein!", stieß Hensis Anhänger aus. „Das gibt es nicht! Wir sind im Kerker!"

Auch dem anderen Mann, der hinter dem ersten durch die Öffnung kroch, entfuhren Laute des Entsetzens.

Bero tat überrascht. „Wie kommt ihr hierher?"

„Wie haben sie das gemacht?", fragte auch Morlem.

„Ihr Heuchler!", schrie der Mann mit der krächzenden Stimme. „Den Gang habt ihr gegraben! Das werdet ihr noch bereuen!"

Die Leute schraken zusammen.

„Und diese Lybia!" Die Stimme des Mannes schnappte über vor Empörung. „Wir müssen das sofort Hensis melden. Sie wird für ihren Ungehorsam am Galgen baumeln!"

Lybia. Hensis würde sie töten, zusammen mit ihrem Sohn. Meinetwegen! Ich stöhnte auf. *Zu laut!*

„Was?", der Mann mit der tieferen Stimme sah sich verwirrt um. „Du, Mädchen! Dreh dich um!", rief er in meine Richtung. Langsam wandte ich mich ihm zu, blickte aber auf den Boden, damit er mein Gesicht nicht sah.

„Warum stöhnst du?", fuhr er mich an.

Ich brachte es nicht fertig etwas zu sagen. Die Gewissheit, das Leben aller Gefangenen zerstört zu haben, fraß mich von innen auf.

„Lass die kleine Ratte", krächzte der andere. „Du bleibst hier und passt auf, dass keiner von denen abhaut. Ich gehe zu Hensis. Er wird Lybia abholen lassen. Was er mit ihrem Jungen macht, sehen wir dann."

Der andere Wächter nickte grimmig und sah dabei zu, wie sein Partner in der Dunkelheit des geheimen Tunnels verschwand.

Die Minuten vergingen. Ich saß ruhig da und starrte auf den Boden. In meinem Kopf wirbelten die Gedanken. Ich musste in den Geheimgang, zurück zu Lybias Haus! Ich musste sie warnen, damit sie flüchten konnte, bevor Hensis Männer sie verhafteten oder Hensis kam und sie umbrachte. Mit der Schuld, die auf mir lastete, konnte ich nicht leben, konnte ich noch nicht einmal sterben! Vielleicht würde ich etwas verhindern können? Schlimmer als jetzt konnte es nicht werden. Bald würde Hensis den Gang sicher zuschütten lassen. Ein solches Risiko würde er nicht eingehen. Mir blieb also nicht viel Zeit.

Ich beugte mich zu dem Mädchen neben mir und flüsterte ihr mit zittriger Stimme ins Ohr: „Gib an Bero weiter, dass ich in den Geheimgang muss. Er soll den Wächter ablenken."

Sie nickte und wisperte die Nachricht ihrem Nachbarn zu. Langsam setzte sich die Kette fort. Ich blickte zu dem kleinen Mann hinüber, der auf uns aufpassen sollte. Er lief auf und ab, wirkte nervös, drehte uns immer wieder den Rücken zu. Es konnte klappen. Es musste klappen! Nach schier endlosen Minuten sah ich, dass ein Mann, der neben Bero saß, ihm etwas zuflüsterte. Danach sah der König mich an, nickte mir unauffällig zu. Auch Morlem hatte die Botschaft erhalten. Er drehte sich unauffällig zu mir um. „Schrei!", formten seine Lippen lautlos. „Schrei!"

Ohne nachzudenken schrie ich. Erschrocken drehte sich der Wächter zu mir um. Im selben Moment stürzten sich Bero und Morlem von hinten auf ihn und schlugen ihn nieder. Mit einem gurgelnden Laut fiel der Mann zu Boden.

Ich sprang auf und lief auf den Geheimgang zu.

„Beeil dich!", rief mir Morlem nach, doch da war ich schon im Tunnel verschwunden.

~ elf ~

Als ich die Luke aufstieß, sah ich zunächst nur den leeren Raum. Kam ich schon zu spät? Hatte Hensis Lybia schon abgeholt? Ich lief in die Küche, aus der mir Lunas entgegenkam.

„Samia!", rief er überrascht. „Du konntest entkommen!"

„Was ist mit Lybia?", fragte ich ohne seine Freude zu beachten.

Sofort verdüsterte sich seine Miene. „Gerade hat sie einer von Hensis' Leuten geholt. Er bringt sie zu ihm. Ich weiß aber nicht, was er mit ihr machen wird."

Ich verstand nicht. Würden sie heute nicht beide sterben? War der Traum nur eine Vision gewesen oder würde er sich später wiederholen? Ich ignorierte meine Zweifel. Lybia war in Hensis' Gewalt und ich musste sie befreien! Nun schossen mir wieder Lunas' Worte in den Kopf: Hensis würde jedem Verräter den Kopf abschlagen lassen. Ich wusste, er brauchte keine Beweise. Er handelte oft spontan, aus einer Laune heraus.

„Er wird sie umbringen", flüsterte ich. Lunas wandte sich von mir ab, aber ich musste sein Gesicht nicht sehen, um zu erkennen, wie traurig er war, ergriffen von der Angst um seine Mutter.

„Wir werden sie befreien", sagte ich entschlossen. „Er sperrt sie bestimmt erst einmal in den Kerker – das ist unsere einzige Chance!" Ich versuchte ihm Mut zumachen, obwohl ich nicht wusste, ob ich diesen Mut selbst hatte.

„Du stellst dir das viel zu einfach vor." Lunas schüttelte den Kopf. „Die Kerker werden ständig bewacht. Wir müssten die Wächter überwältigen, die Schlüssel klauen und dann den richtigen Kerker finden. Samia, das wird alles viel zu lange dauern! Es gibt so viele Kerker da unten."

„Wir müssen es einfach versuchen", gab ich verzweifelt

zurück. „Wenn sie Lybia erst aus dem Kerker herausgeholt haben und zum Henker führen, ist es zu spät, Lunas." Und der Henker würde Hensis sein. Ich hatte es gesehn.

Er drehte den Kopf von mir weg, ich hörte ihn leise schluchzen.

„Wir werden es schaffen", sagte ich. „Wir *müssen* es schaffen."

Lunas ging zur Tür.

„Wo willst du hin?"

„Ich werde mich ein bisschen umhören."

„Das ist viel zu gefährlich!" Ich fasste seinen Arm. „Du hast einen von ihnen angegriffen. Wenn sie dich sehen, werden sie dir auch etwas antun!" Wenn Hensis ihn fand, dachte ich, würde alles so kommen, wie ich es gesehen hatte.

„Ich pass schon auf mich auf. Sie werden ohnehin hierherkommen, um mich zu holen. Bis dahin bin ich weg. Nur um dich mache ich mir Sorgen. Du musst verschwinden! Dich darf hier keiner sehen. Ich werde dich zu einem Freund bringen." Er nahm meine Hand. „Zieh den Hut tief in dein Gesicht."

Wie sollte ich ihn davon abhalten, zu versuchen seine Mutter zu retten? Wie, wenn ich ihm gerade noch Mut zugesprochen hatte? Er stieß die Tür auf und wir verließen das Haus. Wir schlichen zwischen den Häusern hindurch, weit weg von den großen Straßen, denn dort patrouillierten Wachen, die uns auf keinen Fall entdecken durften.

Der Freund, von dem Morlem gesprochen hatte, hieß Dukis. Lybia kannte ihn schon lange und Lunas vertraute ihm. Er war mit ihnen verschleppt und versklavt worden und hatte in den vielen Jahren genau wie Lunas und Lybia genug Wut gegen Hensis angesammelt, um gegen ihn kämpfen zu wollen. Dukis war wie alle vertrauenswürdigen früheren Mitbürger von Lunas in den Plan eingeweiht worden. Er verstand sofort, in welch einer Notlage wir uns befanden, und nahm uns bei sich auf. Ich war mir sicher, dass er sich dem Risiko bewusst war, das er damit einging, und dennoch versteckte er mich, nur weil Lunas mir vertraute. Doch ich wusste insgeheim, dass ich dieses Vertrauen nicht verdiente. Wie würde Lunas wohl reagieren, wenn ich ihm von meinem Traum erzählen würde?

Kaum angekommen wollte Lunas gleich wieder gehen, um herauszufinden, wann die Hinrichtung Lybias stattfinden sollte. Ich hatte ihm erzählt, was der Wächter gesagt hatte. Er hatte vom Galgen gesprochen. Dukis sagte ihm, genau wie ich es bereits getan hatte, dass das zu gefährlich sei, schließlich suchten Hensis' Anhänger Lunas schon. Aber Lunas war ein Sturkopf. Er ließ nicht mit sich reden. Irgendwann, als ihm die Argumente ausgingen, drehte er sich einfach um und verließ das Haus.

Tief in mir drin verstand ich ihn. Sie hatten seine Mutter vor seinen Augen misshandelt und wollten sie nun erhängen. Wegen dieses verdammten Geheimgangs, den sie entdeckt hatten, würde sie nun sterben – oder doch wegen mir? Weil ich sie nicht gewarnt hatte? Ich war feige in mein Loch gestiegen, als sie gekommen waren, hatte mich versteckt, als sie Lybia geschlagen hatten, und sie durch den Geheimgang zum Kerker geführt. Ich war schuld an allem. Die schweren Vorwürfe, die ich mir machte, fraßen sich wie Säure durch meine Eingeweide.

Lunas und Lybia hatten mir vertraut, mich vor Hensis versteckt. Sie hatten so viel riskiert. Sie lebten seit Jahren in Gefangenschaft, luden ein so großes Risiko auf sich, um in Freiheit zu leben. Ich verstand es nicht, denn ich war freiwillig hier. Ich wollte bei Morlem sein und diese schreckliche Verantwortung loswerden. Eine Verantwortung, die stetig anstieg, weil ich immer mehr Fehler machte, mir immer mehr zuschulden kommen ließ! Um meine Last loszuwerden oder auch nur teilweise abwerfen zu können, war ich bereit Jahrzehnte, nein, mein ganzes Leben in Gefangenschaft zu leben!

Was konnte ich tun, um die Schuld von mir zu nehmen?

Spät am Abend, ich war noch wach, weil ich nicht schlafen konnte, kam Lunas wieder. Er hatte herausgefunden, dass Hensis Lybia schon in zwei Tagen hinrichten lassen wollte und sie tatsächlich in einem Kerker eingesperrt hatte. Ich war erleichtert, dass sie noch lebte. Es gab also noch eine Chance, sie zu retten!

„Das ist so unfair", weinte Lunas an diesem Abend. „Warum wird sie allein dafür verantwortlich gemacht? Es ist nicht ihre Schuld!"

Nein, dachte ich, wagte aber nicht, meine Gedanken laut auszusprechen. Nicht ihre Schuld – meine. Ich versuchte ihn zu beruhigen, nahm ihn in den Arm und fühlte mich dabei so schrecklich. Ich brachte es einfach nicht übers Herz ihn einzuweihen, ihm von meinem grauenhaften Traum zu erzählen. Was, wenn alles umsonst war? Ich vertrieb die Gedanken aus meinem Kopf. Alles, was mir blieb, war, darauf zu hoffen, dass unser Vorhaben, Lybia zu befreien, gelingen würde. Unser Vorhaben war wahnsinnig. Verrückt. Hoffnungslos! Aber wir mussten es versuchen, wir hatten keine andere Wahl.

Im Morgengrauen schlichen wir uns durch die stille Stadt zur Burg. An der Ostseite gab es einen kleinen Hintereingang, links davon war ein großes schmiedeeisernes Tor. Fratzen blickten auf mich herab. Ich erschrak fürchterlich, als ich sie erblickte – das waren die schrecklichen Bilder, die ich aus meinem Traum kannte! Ich schwieg, erzählte weder Dukis noch Lunas von meiner Entdeckung. Sollte alles, was ich bislang geträumt hatte, jetzt wahr werden? Ich erschauderte.

Die Tür, durch die irgendwann in der Zukunft ein Mann in einem dunklen Umhang treten würde, passierten wir wortlos. Wir befanden uns in einem Treppenhaus, nahmen hastig die Stufen, die in den Keller führten, wo sich die Kerker befanden. Lunas und Dukis kannten sich aus. Sie waren beide schon hier gewesen, hatten ausgekundschaftet, wie viele Wachen es gab und wo sich die Schlüssel befanden.

Schon im ersten Gang kam uns ein Wächter entgegen. Doch noch bevor er uns sah, hatte sich Dukis auf ihn gestürzt, ihm das Schwert entwendet und in den Bauch gerammt. Alles war so schnell gegangen, dass der Wächter nicht einmal Zeit hatte, zu schreien. Ich war schockiert, als ich das widerwärtige Geräusch hörte, das aus dem Hals des Mannes aufstieg. Blut tropfte ihm aus dem Mund. Ich hatte bislang nur einen Menschen sterben sehen – Flavius. Der Gedanke an ihn wischte meine Gewissensbisse beiseite.

Wir zogen den toten Wächter in eine dunkle Ecke und eilten weiter. Die Kerker mit den vielen Gängen unter dem Schloss waren ein riesiges Labyrinth, und wenn Dukis und Lunas sich nicht so gut ausgekannt hätten, hätte ich mich garantiert innerhalb kürzester Zeit verlaufen.

Als wir an eine Ecke kamen, bedeutete uns Lunas, stehen zu bleiben. Wir hatten alles mehrfach besprochen, wussten, was jetzt geschehen würde. Hinter der Ecke stand der Wächter, der die Schlüssel hatte. Es war ein Mann, dem Hensis besonders vertraute, hatte Dukis in Erfahrung gebracht. Sein Name war Karko. Nur er durfte auf die Schlüssel aufpassen, denn Hensis war vorsichtig. Lunas spähte um die Ecke, verschwand und zwei Sekunden später hörten wir den Aufschrei Karkos. Dukis und ich liefen um die Biegung und sahen, wie Lunas gerade eine erloschene Fackel von der Wand nahm. Mit einem Finger rieb er etwas Asche von der Fackel auf den Hals des Toten, genau auf die Stelle, an der alle Anhänger Hensis' ihre Wolfstätowierung trugen. Zuerst verstand ich nicht, wozu Lunas das tat, doch schon bald wurde mir klar, dass seine Wut gegen Hensis und seine Männer ihn dazu antrieb. Die Tätowierung war das Zeichen der Verbindung all jener, die auf Hensis' Seite kämpften, und diese Verbindung zerstörte Lunas gerade. Verdeckt von Asche und Dreck machte sie einen treuen Ergebenen von Hensis zu einem einsam gestorbenen Mann.

Dukis packte Lunas an der Schulter und zog ihn von der Leiche fort. Schnell nahm ich dem Toten den Schlüssel vom Gürtel, wohl wissend, dass uns nur wenig Zeit blieb.

„Wir müssen weiter", erinnerte Dukis. Wir ließen Karko liegen und setzen unseren Weg fort, bis uns plötzlich ein Geräusch erschreckte. Es waren schwere Schritte, die im Gang hallten. Sie kamen zügig näher.

„Verflucht!", zischte Dukis. „Sie haben den toten Wächter entdeckt!"

Uns blieb nicht genug Zeit, um zu verschwinden. Nur eine Sekunde später bog ein Mann um die Ecke, das gezückte Schwert in der rechten Hand. Er sah nicht überrascht aus, als er uns sah, und reagierte sehr schnell. Ich dachte, *er wird uns angreifen!*, doch stattdessen machte er auf dem Absatz kehrt und verschwand.

„Er holt Verstärkung!", rief Lunas. „Verdammt, er darf uns nicht entkommen!"

Doch Dukis hielt Lunas an der Schulter zurück, bevor der dem Flüchtigen folgen konnte. „Er ist uns schon entkommen! Wir müssen uns beeilen!"

Lunas rannte in Richtung der Verliese. Wir liefen hinter ihm her und spähten in jede Kerkerzelle, an der wir vorbeikamen. Blasse Gesichter starrten uns entgegen. Männer, Frauen, Kinder streckten uns ihre dürren Hände entgegen, riefen uns nach, wir sollten sie befreien. Einige von ihnen erkannte ich, sie kamen aus Arventatia, sie hatte ich im Stich gelassen und doch konnte ich sie jetzt noch nicht retten! Es waren zu viele. Wo sollte ich sie verstecken? Unser Plan sah vor, erst einmal nur Lybia zu befreien und dieses Mal wollte ich keinen Fehler machen, sondern mich strikt daran halten, was wir vereinbart hatten.

Wir suchten lange. Doch endlich fanden wir Lybia. Sie brach in Tränen aus, als sie uns sah. Ich gab Lunas den großen Schlüsselbund, den ich Karko abgenommen hatte. Er sah mich entsetzt an.

„Das sind ja mehr als fünfzig Schlüssel!", keuchte er und sah sich hektisch um. Die Wachen konnten jeden Moment hier auftauchen.

Lunas steckte hastig einen der Schlüssel ins Schloss und versuchte ihn umzudrehen. Es funktionierte nicht, er fluchte, probierte den nächsten, doch der war viel zu groß, das sah man sofort. Auch der dritte passte nicht. Lunas wurde nervös. Bald würden die Wachen kommen. In der Ferne hörten wir ein Rumoren in den Tunnelgängen.

Lunas steckte einen weiteren Schlüssel ins Schloss, auch dieser öffnete die Tür nicht. Lybia flüsterte durch die Gitterstäbe: „Du musst systematisch vorgehen – welche Schlüssel hast du schon ausprobiert?!"

„Ich weiß nicht", Lunas' Hände zitterten, „ich kann mich nicht dran erinnern." Er zerrte so heftig den nächsten Schlüssel aus dem Schloss, dass ihm der Bund aus der Hand glitt und mit einem lauten, klirrenden Geräusch auf den Boden krachte.

Ich erstarrte. Das war so laut gewesen, das würde die Wächter sofort zu uns führen! Dukis hastete zu der Stelle, wo der Gang eine Biegung machte und spähte um die Ecke. „Noch ist niemand in Sicht", wisperte er, „aber beeilt euch jetzt besser!"

Lunas zitterte wie Espenlaub, die Angst stand ihm ins Gesicht geschrieben. Ich bückte mich rasch, hob den Schlüsselbund auf, atmete einmal tief durch und schob Lunas beiseite. „Lass mich mal."

In der Ferne hörten wir Schritte. Sie kamen in unsere Richtung und sie kamen näher! Ich hörte, wie Dukis sein Schwert aus der Scheide zog. Lunas stand neben mir und starrte wie gebannt auf den Schlüsselbund in meiner Hand. Lybia begann zu weinen.

Jetzt nicht durchdrehen. Bleib ruhig. Du hast eine Chan-

ce, aber verschenke sie nicht! Atme tief durch und konzentrier dich. Ich versuchte, mich zu beruhigen, dann untersuchte ich das Schlüsselloch und verglich es mit den Schlüsseln, die ich in der Hand hielt. Die besonders großen Exemplare mit kompliziert geformtem Bart sortierte ich instinktiv aus, die kleinsten ebenso. Da das Schloss aus Eisen war, ignorierte ich alle Schlüssel aus anderen Materialien. Ungefähr die Hälfte der Schlüssel hatte ich so ausgeschlossen, aber es waren immer noch zu viele, um sie alle auszuprobieren.

Ich ging in die Hocke und fuhr mit der Hand über das Metall ... gab es eine Besonderheit? Ja! Direkt unter dem Schlüsselloch ertastete ich ein Symbol – ich konnte es nicht direkt einordnen, aber ich meinte, die Form von irgendwoher zu kennen.

„Sie kommen!" Dukis kam schlitternd vor uns zum Stehen. „Sie sind maximal noch zwei Gänge von uns entfernt!"

Lunas keuchte auf und verfiel dann in ein schreckliches Jammern. Sein Oberkörper wippte dabei immer wieder vor und zurück. Ich musste mich konzentrieren! *Nicht durchdrehen!*, befahl ich mir. Wenn ich jetzt versagte, war alles vorbei. Wenn sie uns jetzt fingen, würden wir mit Lybia zusammen sterben. Wenn ich den Schlüssel, der zu diesem Schloss gehörte, nicht rechtzeitig ...

„Ein Wolf!" Ich erinnerte mich plötzlich an das Zeichen im geheimen Gang, der von Titus' Höhle in die Kerker Kasadevras führte. Hastig hielt ich den Schlüsselbund in den Schein der Fackel und ließ die Schlüssel nacheinander durch meine Hände gleiten. Ich konnte nur hoffen, dass nicht nur das Schloss, sondern auch der zugehörige Schlüssel mit dem Wolfszeichen markiert worden waren.

Nur Sekunden später sah ich ihn. Den zum Himmel gereckten Wolfskopf, der winzig klein in einen der Schlüsselhälse eingraviert worden war. Ich steckte den Schlüssel ins Schloss, drehte um – und die Tür sprang auf!

Lunas japste vor Freude auf, als Lybia ihm in die Arme fiel.

„Wir haben keine Zeit mehr!", flüsterte ich.

Dukis gab mir recht: „Wir müssen zusehen, dass wir hier raus kommen." Er rannte zur nächsten Ecke, wir anderen folgten ihm. Doch dann – eine Sackgasse! Wir saßen in der Falle.

„Verdammt! Hier gibt es keinen Ausgang", fluchte Dukis. „Wir müssen zurück!"

„Wir können nicht zurück", erwiderte ich. „Der Wächter wird gleich mit Verstärkung da sein."

„Dann müssen wir uns eben beeilen." Dukis lief los. Wir folgten ihm. Doch schon nach wenigen Metern hörten wir, dass sich uns Schritte näherten. Die Verstärkung war eingetroffen.

Schnell zog Lunas Lybia und mich in eine Nische. Dukis versteckte sich ein Stück weiter hinten. Keine Sekunde später wurden die dunklen Gemäuer durch Fackeln erhellt. Eng drückte ich mich an die kalte Steinwand, damit das Licht mich nicht erreichte. Allerdings war das gar nicht nötig. Ein Dutzend Männer hastete an uns vorbei. Sie waren bewaffnet bis an die Zähne. Da hörte ich plötzlich die zornige Stimme von dem Mann, der ganz vorne ging: „Sie wollen Lybia helfen zu fliehen. Nur deshalb können sie hier sein."

Das ist Hensis!, erkannte ich. Mir blieb fast das Herz stehen. Er war hier, und er war wütend. Er wandte sich an einen seiner Männer. „Und hast du gesagt, ein blondes Mädchen war dabei? Das kann nur Samia gewesen sein. Beeilt euch! Sie dürfen uns auf keinen Fall entkommen!"

Sie bogen um die Ecke, ich sah nur noch die Schatten, die ihre Körper warfen, an der Wand tanzen, kleiner werden, dann verschwinden. Hensis hatte seinen Leuten von mir erzählt. Sie kannten meinen Namen! Hensis wusste, dass ich in seiner Burg war. Woher kannte er mich? Doch nicht etwa aus seinen Träumen? Mir wurde flau im Magen, als ich daran dachte, dass die unheimliche Verbindung zwischen mir und ihm in beide Richtungen funktionieren könnte. Es machte mir Angst, die geistige Nähe zu Hensis war nicht gut! Er wusste Bescheid über mich, würde mich vermutlich sofort erkennen, wenn er mich sah.

Dukis und Lunas hatten ihre Verstecke bereits leise verlassen und auch Lybia lief schon weiter. Geräuschlos folgte ich ihnen. Aufatmen konnte ich aber erst, als wir nach zahllosen Abbiegungen und Treppen endlich draußen waren und ich den kalten Wind spürte, der um meine Nasenspitze wehte. Ich konnte es nicht glauben. Wir hatten Lybia befreit!

„Es ist noch nicht vorbei", sagte Lunas, als hätte er meine Gedanken gelesen. „Wir müssen uns verstecken."

„Gehen wir nicht zurück zu Dukis' Haus?", fragte ich.

„Nein", antwortete Dukis. „Zu mir können wir nicht gehen. Der Wächter hat mich gesehen. Vielleicht hat er mich erkannt."

„Ich weiß, wer uns helfen kann", warf Lybia ein. Sie schob sich an die Spitze unseres kleinen Trupps und schlich vor uns her durch die ausgestorbene Festung von Kasadevra.

~ zwölf ~

Für eine Nacht kamen wir bei Servalia unter.

„Länger könnt ihr nicht bleiben", keuchte sie mit einem ängstlichen Blick aus dem Fenster. „Sie werden die Häuser nach euch durchsuchen!" Servalia war eine rundliche Frau in Lybias Alter. Ihr gehörte der einzige Gasthof innerhalb der Festung. *Zum Raben* wurde er genannt, war aber geschlossen, weil niemand mehr kam. Ihr Mann hatte, genau wie Lunas, Lybia und Dukis, alles aufs Spiel gesetzt und die Leute gegen Hensis aufgewiegelt. Er hatte ihnen klargemacht, dass der einzige Ausweg aus der Tyrannei die Flucht war, was ihn am Ende den Kopf gekostet hatte. Servalia erzählte uns das alles in einem ruhigen Ton, obwohl vereinzelte Schluchzer ihre Geschichte immer wieder unterbrachen. Sie war ein herzensguter Mensch, was ich schon allein daran erkannte, dass sie uns aufnahm. Das war alles andere als selbstverständlich, denn inzwischen wurden wir in ganz Kasadevra gesucht. Wir hatten Hensis ausgetrickst, waren ihm entkommen – das geschah nur sehr selten, deshalb musste Hensis kochen für Wut.

„Sie haben die Zugbrücke hochgezogen", fuhr Servalia fort. „Keiner kommt aus der Stadt."

Ich hatte keine Ahnung, wie es nach dieser Nacht weitergehen sollte. Wieder einmal mussten wir uns verstecken, uns verkriechen vor Hensis' Männern, und als wäre das allein nicht schlimm genug, war an die Umsetzung unseres eigentlichen Plans nicht zu denken. Hensis bebte vor Zorn, weil wir ihm entkommen waren, dessen war ich mir sicher. Er würde wieder und wieder Häuser kontrollieren lassen, bis er uns fand. Ich wusste, er würde schreckliche, ungerechte Dinge tun, um uns zu finden. Ich hatte ihn erkannt, unten im Kerker. Ich war so nahe neben ihm gestanden, ich hätte nur meine Hand ausstrecken müssen und ihn berühren können.

Er wusste, wer ich war, und er würde nicht aufhören, bis er mich gefunden hatte.

Doch er ahnte ja nicht, dass wir zu allem bereit waren, wusste nichts von unserem Plan, die Gefangenen von Kasadevra zu befreien. Wahrscheinlich dachte er gar nicht daran, dass wir ein solch waghalsiges, verrücktes, ja aussichtsloses Unterfangen überhaupt in Betracht zogen! So eingenommen, wie er von sich und seiner Macht war, ging er davon aus, dass wir nur ein Ziel verfolgten: Flucht! Aber wir wollten viel mehr als das. Und wir hatten ihm, mitten in das finstere Herz seines Reichs, einen Virus eingepflanzt, der seine tyrannische Herrschaft von innen heraus zerfraß. Die Angst vor dem Tyrannen wich vor der Solidarität zu den Gefangenen. Zu lange hatte er die Einwohner Kasadevras unterdrückt, bestohlen und misshandelt.

Servalia versorgte uns noch in der Nacht mit neuen Informationen. „Das Volk ist in Aufruhr! Sie wollen sich wehren. Sie wollen sich gegen Hensis auflehnen."

Kontakt zu König Bero und seinem Gefolge hatten wir nicht mehr. Sie waren immer noch im Kerker gefangen und wir konnten nur hoffen, dass sie rechtzeitig mit dem anderen Geheimgang fertig wurden. Es musste schnell gehen. Uns blieb keine Zeit mehr.

Ich hatte nicht damit gerechnet, dass sich unsere Situation noch mehr verschlechtern konnte. Als ich jedoch am nächsten Morgen erwachte, stand Servalia bereits neben meinem Lager. Tränen standen in ihren Augen.

„Hensis' Leute haben schon in der Nacht damit begonnen, die Häuser zu durchsuchen! Es kann sich nur noch um Stunden handeln, bis sie hier auftauchen. Ihr müsst verschwinden!"

Doch wohin sollten wir gehen? Wir zerbrachen uns den Kopf darüber, bei wem wir uns verstecken konnten. Lybia schlug vor, zu jemandem zu gehen, bei dem Hensis' Männer schon gewesen waren. Es war unwahrscheinlich, dass sie ein Haus zweimal durchsuchten. Gerade als ich Servalia fragen wollte, ob ihr jemand einfiel, bei dem wir unterkommen konnten, wurde die Tür zum Zimmer aufgerissen, in dem wir uns versteckt hielten.

Ein junges Mädchen stand in der Tür. Sie keuchte, als wäre sie gerannt, aus ihren honigblonden Zöpfen hatten sich Strähnen gelöst.

„Mutter", rief sie und ihre Stimme überschlug sich, „gerade hat Hensis eine Botschaft verkünden lassen. Heute zur Mittagszeit wird er fünf Gefangene hinrichten lassen, wenn die Gesuchten sich nicht freiwillig stellen!" Sie sah zu uns herüber.

Mir stockte der Atem. Fünf unschuldige Menschen, möglicherweise Freunde von mir aus Arventatia, würden sterben! Fünf Menschen, die ich in der vergangenen Nacht zurückgelassen hatte. Ich hätte sie freilassen können, hatte es aber nicht getan. Vielleicht hätten sie doch entkommen können.

„Wir müssen uns ergeben", flüsterte ich und begann zu zittern.

„Niemals!" In Dukis' Augen flackerte Zorn. „Von uns hängt zu viel ab!"

Ich nickte langsam mit dem Kopf. Ja, Dukis hatte recht. Aufgeben kam nicht infrage. Hensis' schreckliche Herrschaft würde weitergehen, nichts würde sich ändern. Und doch hätte ich mich gerne gestellt, denn damit hätte ich die Last auf meinen Schultern nehmen können und meine gerechte Strafe bekommen. Wir mussten so schnell wie möglich aus Servalias Haus verschwinden, um sie nicht in Gefahr zu bringen! Viel zu viele Leute waren inzwischen von mir in die ganze Sache hineingezogen worden.

Servalia lieh mir ein Kleid und eine dunkelhaarige Perücke. Auch die anderen verkleideten sich. Wir durften niemandem bekannt vorkommen und auf keinen Fall Aufsehen erregen. Am Tag war es noch viel gefährlicher als in der

Nacht, durch Kasadevra zu laufen. Nachts war es still und leer, tagsüber waren doppelt so viele Wachen unterwegs.

Als wir dann endlich so getarnt waren, dass selbst Servalia meinte, sie würde uns nicht mehr erkennen, schlug die Turmuhr bereits halb zwölf. Uns blieb nur noch wenig Zeit. Wir hatten vereinbart, dass Lybia eine neue Unterkunft suchte, während Lunas, Dukis und ich uns auf den Marktplatz begaben und einen Weg finden mussten, wie wir die Hinrichtung verhindern konnten.

„Hensis wird da sein", stellte Lunas fest. „Er lässt es sich nicht entgehen, wenn ..." Seine Stimme versagte.

„Du hast recht." Ich nickte. Hensis war ein grausamer Mensch. Er würde mit Freuden dabei zusehen, wie Menschen ermordet wurden. Und er würde nicht aufhören, ehe er uns gefunden hatte.

Obwohl wir uns beeilten, kam mir der Weg zum Marktplatz schrecklich lang vor. Als wir endlich ankamen, stellten wir uns weit nach hinten, an den Rand der Menschenmenge. Ich sah Hensis schon von Weitem auf einem hohen Podest stehen, hinter ihm befand sich ein Thron, auf dem er sitzen würde, wenn die Hinrichtung begann.

Um das Podest, auf dem sich der Galgen mit fünf Seilen befand, hatten sich zahllose Menschen versammelt. Sie waren zusammengekommen, um für die Leute, die heute sterben sollten, zu beten.

Die Turmuhr schlug zwölf. Hensis richtete seinen Blick auf das Volk, das zu seinen Füßen stand, und erhob das Wort. „Meine lieben", er zögerte, ließ den Blick schweifen, „Untertanen." Hensis schien Gefallen an dem Wort zu finden, denn er kostete jeden Buchstaben aus. „Wie schön, dass sich so viele von euch hier versammelt haben! Wir haben heute einen ganz besonderen Anlass, der euch mit Sicherheit ebenso viel Freude bereiten wird, wie mir." Bis hier hin hatte Hensis süßlich, ja geradezu freundlich gesprochen, jetzt aber kippte seine Stimme in bodenlosen Hass. „Wir haben Verrä-

ter in unserer Festung! Sie sind letzte Nacht in meinen Kerker eingebrochen und haben eine Gefangene befreit – und
ihr alle wisst, was ich mit Verrätern, die in mein Eigentum
einbrechen, anstelle! Und deshalb wisst ihr auch, was mit all
jenen passiert, die diesen Verrätern helfen."

Er schwieg und schritt das Podest mit langen Schritten ab.
Dabei ließ er das Publikum keine Sekunde aus den Augen.
Jeder, der von seinem Blick getroffen wurde, senkte den
Kopf. Es war mucksmäuschenstill. Niemand wagte, sich zu
bewegen.

„Eure Loyalität hingegen werde ich fürstlich entlohnen.
Wer mir Samia oder einen ihrer Helfer lebend liefert, wird
von mir so viel Gold bekommen, wie er tragen kann! Und ich
werde ihn in die Freiheit entlassen, er darf gehen, wohin er
mag, solange er mir die Verräter ausliefert!"

Hensis' Worte verunsicherten das Publikum. Leises Getu-
schel setzte ein, hier und da hob sich ein Kopf und spähte
über den Platz. Wie lange würden die Bürger Kasadevras auf
unserer Seite sein? Freiheit – das wünschten sich alle, die innerhalb dieser Festung lebten. Würden sie ihre Meinung ändern, wenn sie dabei zusehen mussten, wie unschuldige
Menschen starben, nur weil wir uns Hensis nicht stellten?
Wir durften uns nicht auf die Hilfe der Leute verlassen. Was,
wenn mich jemand erkannte? Ich war mir sicher, dass uns jemand enttarnen würde, wenn die Belohnung hoch genug
war. Und ich konnte es ihnen noch nicht einmal verübeln:
Geld konnte hier jeder gebrauchen und nach Freiheit sehnten
sich alle.

„Sie werden uns nicht verraten", flüsterte Dukis, der meine Unruhe mitbekommen hatte. „Sie wissen, dass Hensis
nichts von dem hält, was er ihnen verspricht. Glaub mir, wir
tun das Richtige."

Ich nickte unsicher und sah wieder nach vorne.

„Und noch ein paar Worte an dich, Samia." Hensis Stimme klang zuckersüß. Mein Mund wurde trocken, ich bekam

schwer Luft. „Ich weiß, dass du da bist. Ich kann spüren, dass du dir dieses Spektakel nicht entgehen lassen wirst! Genieße es, meine Liebe, es ist mein Geschenk an dich." Plötzlich veränderte sich Hensis' Gesichtsausdruck. Er zog die Augenbrauen zusammen, hob drohend einen Finger in die Höhe: „Niemand dringt ungestraft in meine Burg ein! Niemand schleicht sich in meine Träume! Hast du mich verstanden, Samia? Ich warte auf dich!"

Mir wurde schwarz vor Augen. Das Gefühl, dass mein Brustkorb in sich zusammenschrumpfte, raubte mir fast die Sinne. Ich keuchte. Die Menschen waren unruhig geworden, sahen sich nach mir um. Hensis ließ die fünf Verurteilten vortreten. Lunas stöhnte leise auf – es war ein kleiner Junge dabei! Ein entsetztes Raunen ging durch die Menge. König Bero und alle, die sich Schauermärchen über Hensis erzählten, hatten recht gehabt. Dieser Mensch schreckte vor nichts zurück! Er würde zusehen, wie der Kleine starb, das Gefühl der Macht genießen und sich wahrscheinlich aus dem Wissen, wie schlimm ich mich jetzt fühlte, einen Spaß machen. Egal, wie oft ich die Gedanken hin und her wendete: Es wäre meine Schuld, wenn der Junge starb.

Er weinte dicke Tränen, als sie ihm den Strick um den Hals legten. Die Frau neben ihm umfasste seine Hand. Bestimmt war sie seine Mutter. Auch sie weinte und bei jedem ihrer Schluchzer zerriss es mir das Herz. Ich schob mich durch die Menschenmenge in Richtung Tribüne.

Lunas zischte mir hinterher: „Nein, Samia. Das ist ein Fehler!"

Ich ignorierte ihn und drängelte mich weiter nach vorne. Die Menschen, an denen ich mich vorbei schob, hatten die Hände zum Gebet gefaltet. Aus ihren Mündern quollen geflüsterte Bitten, in denen sie Gott um Gnade anflehten.

Erst jetzt merkte ich, dass mir sowohl Lunas als auch Dukis gefolgt waren. „Nur der Junge!", flüsterte Lunas. „Für die anderen bleibt uns keine Zeit!"

Ich war am Podest, auf dem der Galgen aufgebaut war, angekommen. Unter jedem Seil stand einer der Verurteilten, ganz rechts außen, in meiner Nähe, der Junge. Wie sollte ich zu ihm gelangen? Ich konnte ja schlecht einfach auf das Podest spazieren, ihm das Seil über den Kopf ziehen und ihn mitnehmen!

„Da, das ist sie doch!" Die Stimme eines Mannes hinter mir erschrak mich zu Tode. Ich drehte mich zu ihm um, sah wie er in die aufgebrachte Menge zeigte – glücklicherweise in die vollkommen falsche Richtung. Aber Hensis reagierte sofort und stieg mit seinen Männern vom Podest. Das war meine Chance! Ich hastete zum Galgen.

„Nein!", schrien jetzt mehrere Stimmen. „Sie ist beim Galgen, seht doch!"

Hensis schrie vor Zorn. „Haltet sie auf!" Seine Stimme klang schrill und entsetzt, doch auf der Bühne war nur ein bewaffneter Mann, der jetzt mit erhobenem Schwert auf mich zu kam. Lunas, der ebenfalls auf das Podest gesprungen war, stellte ihm von hinten ein Bein. Der Mann fiel, dabei schlug er sich so unglücklich an einem Pfosten den Kopf an, dass er regungslos liegen blieb.

Ich löste den Strick um den Hals des Jungen, packte ihn und stürzte mich mit ihm ins Publikum. Hensis bahnte sich mit seinen Anhängern den Weg zurück durch die Menge. Nun befreiten sich auch die anderen Gefangenen, doch schon kamen Hensis' Leute, um sie festzuhalten. Der Junge drehte sich zu seiner Mutter um, schrie, aber ich ließ ihn nicht los. Lunas und Dukis waren dicht hinter mir und die Menschenmenge schloss sich um uns. Die Zuschauer versuchten, uns zu helfen, indem sie sich so eng aneinanderdrängten, dass die Männer, die uns verfolgten, nicht zu uns durchkamen. Es waren so viele Menschen auf dem Platz, dass wir von der Masse schnell verschluckt wurden. Aber Hensis' Schlächter waren uns auf den Fersen. Als sie merkten, dass sie nicht vorwärtskamen, zogen sie ihre Schwerter.

Nun hackten sie sich durch das aufgeregte Volk, kämpften sich durch die eng stehenden Menschen, schlugen auf alles ein, was sich ihnen in den Weg stellte. Hinter uns konnte ich schmerzvolle Schreie hören. Die Leute wichen entsetzt zur Seite.

Doch wir waren entkommen! Ich weiß nicht mehr genau, wie wir es geschafft hatten, aber plötzlich fanden wir uns in einer der menschenleeren Gassen wieder, die zum Marktplatz führten. Der Junge an meiner Hand zitterte. Da hörte ich Schritte auf uns zukommen. Lybia schob ihren Kopf um die Ecke und winkte uns zu sich heran.

„Ich habe die Schreie vom Marktplatz gehört. Was ist passiert?" Lybia sah entsetzt auf den weinenden Jungen.

Ich warf einen Blick hinter mich. „Später!"

Dukis nickte, nahm den Jungen auf den Arm und schob uns in einen schmalen Durchgang zwischen zwei Häusern. Wir rannten quer durch die Stadt. Immer wieder mussten wir uns verstecken, weil Hensis' Männer durch die Straßen liefen, auf der Suche nach uns, mit blutgetränkten Schwertern, sich immer wieder kurze Befehle zubellend.

Irgendwann kamen wir in unserem Versteck an, einem Haus, das einem Freund von Lybia gehörte, und das von Hensis' Männern bereits durchsucht worden war. Hier waren wir vorerst in Sicherheit. Doch wie sollten wir fliehen? Wie die Menschen befreien, die in Kasadevra gefangen waren? Das Risiko, das wir eingingen, wenn wir erneut versuchten, an den Schlüsselbund zu gelangen, war zu hoch. Hensis würde sich nicht zweimal narren lassen! Womöglich bewahrte er die Schlüssel auch gar nicht mehr in den Kerkern auf, sondern trug sie bei sich. Wir brauchten einen anderen Plan, eine einfache Methode, die Schlösser der Kerker zu öffnen. Wir diskutierten lange und doch blieb am Ende nur eine Idee, die so einfach zu sein schien, dass ich nicht glaubte, Hensis damit hintergehen zu können. Nur blieb uns wohl oder übel nichts anderes übrig, als es damit zu versuchen.

Wir würden mit Drähten, selbst gebastelten und an der Haustür erprobten Dietrichen von Dukis in die Kerker eindringen und unser Glück versuchen.

Während unserer Gespräche weinte der kleine Junge ohne Unterbrechung. Einerseits traute mich nicht, ihn zu trösten, denn seine Mutter hatte ich nicht befreien können. Andererseits spürte ich, dass ein winziger Teil der Last von mir gewichen war. Ich hatte etwas Gutes, etwas Richtiges getan, hatte jemanden vor dem Tod bewahrt. Es war nicht viel, aber es war doch etwas. Ein kleiner Funken Hoffnung glomm in mir auf, auch wenn ich wusste, dass es jetzt noch schwerer werden würde. Hensis war noch wütender als zuvor, und mir war klar, dass uns die Zeit davonlief. In ganz Kasadevra wurde nach uns gesucht. Wenn sie alle Häuser durchkämmt hatten, ohne uns zu finden, würden sie noch einmal von vorne anfangen. Wir mussten aus Kasadevra fliehen. So bald wie möglich.

~ dreizehn ~

Zwei Tage warteten wir ab, um sicher zu gehen, dass Bero und die anderen Gefangenen den Geheimgang fertig gegraben hatten. Ich hatte Angst vor diesem Moment, denn es konnte so viel schiefgehen. Lunas und Lybia waren zuversichtlicher. Sie glaubten daran, dass wir es schafften. Lunas meinte, es werde einfacher als beim ersten Mal, als wir Lybia befreit hatten. Er war der Überzeugung, es seien nicht so viele Wachen in den Kerkern, da sie alle damit beschäftigt waren, uns zu suchen. Ich zweifelte an seiner Zuversicht.

Am nächsten Abend, als die Sonne unterging, musste ich mein ungutes Gefühl im Bauch jedoch ignorieren. Wir hatten keine Zeit für meine Zweifel.

„Wir müssen los." Lunas lief zur Tür. Lybia, die mit dem kleinen Jungen, den wir vor dem Galgen gerettet hatten, erst später nachkommen würde, umarmte mich. Dann folgten Dukis und ich Lunas lautlos durch die Straßen, in schwarze Gewänder gekleidet. Auch wenn es Nacht war, konnten uns Wachen begegnen, und sie waren gewarnt. Hensis wollte uns, und keiner von seinen Männern wollte daran schuld sein, wenn wir ihnen entwischten.

Lunas sagte die ganze Zeit über kein Wort. Er lief schnurstracks den Weg durch das unübersichtliche Gewirr der Straßen und Gassen Kasadevras, Dukis und ich folgten ihm schweigend. In den Gesichtern der Jungen spiegelte sich Entschlossenheit. Auch sie wussten, worauf es heute ankam, und ich war mir sicher, dass sie insgeheim genauso viel Angst hatten wie ich. Es stand so viel auf dem Spiel.

Wir waren am Hintereingang des Schlosses angekommen. Lunas nickte uns zu, dann eilte er die Treppe hinunter und wurde schon nach wenigen Schritten von der Dunkelheit verschluckt. Dukis und ich warteten. Mit jeder Minute, die verging, wurden wir ungeduldiger. Dukis warf mir einen fragen-

98

den Blick zu. *Ist etwas schief gegangen?* Obwohl er es nicht laut ausgesprochen hatte, hörte ich seine Frage. Ich schüttelte unmerklich den Kopf. Dukis begann, nervös auf und ab zu laufen. Hatten sie Lunas erwischt? Ich zwang, mich Ruhe zu bewahren. In Gedanken schickte ich flehentliche Wünsche in den Himmel. *Mach, dass er wiederkommt. Hilf uns!*

Plötzlich erschien Lunas im Treppenabgang.

„Ist dir jemand begegnet?", frage ich. Er nickte stumm, wischte sich unmerklich eine Hand am Hosenbein ab. Ich schluckte. „Was soll ich tun, wenn ich die Kerker aufgeschlossen habe?"

„Dann kommst du zum Kerker, in dem Bero und die anderen gefangen gehalten werden", sagte er, und an Dukis gerichtet fügte er hinzu: „Ich bleibe hier und halte Hensis' Männer auf, solange ich kann."

Ohne ein weiteres Wort verschwand er wieder im Dunkeln. Ich drehte mich um und eilte die Steintreppe hinunter. Dukis war dicht hinter mir. Als ich den Gang, der zu den Verliesen führte, betrat, sah ich die brennende Fackeln, die mir den Weg zeigten. Bei jedem Windhauch zitterten die Flammen und warfen unheimliche Schatten an die Wand. Ich wandte mich nach links zu einer Tür, die angelehnt war, wohl wissend, dass ich keine Zeit hatte und den Plan ohne irgendwelche Änderungen befolgen musste. Ein seltsames Gefühl durchfuhr mich. Ich sah zu Dukis hinüber. Er schien nicht zu verstehen, was ich wollte. Ich zeigte auf die Tür. Er zuckte mit den Achseln.

„Ich bin sofort wieder da", zischte ich. *Ich will nur nachsehen, was das für ein Raum ist. Es wird den Plan nicht beeinflussen. Nur ein kurzer Blick,* redete ich mir ein. Mit einem Quietschen, das sich in der Stille unerträglich laut anhörte, schob ich die Tür auf und betrat den Raum. Es war eine kleine, enge Kammer mit einem Tisch und wenigen Stühlen. Ich richtete meinen Blick auf den Boden. Da lag jemand, nein, da lagen zwei! Zwei Männer. Dem einen tropfte

Blut aus der Nase. Beide waren bewusstlos. Mir fiel ein, wie Lunas reagiert hatte, als ich ihn gefragt hatte, ob er jemandem begegnet sei. Er hatte genickt.

Vorsichtig rückwärts tapsend verließ ich den Raum, drehte mich um und suchte mit den Augen den Gang ab, der zu den Kerkern führte. Dukis war schon vorgegangen. Im Gegensatz zur mir hielt er sich an den Plan. Ich wollte ihm gerade folgen, da hörte ich ein leises Kratzen. Nicht hier, aber ganz in der Nähe. Instinktiv drückte ich mich in eine Nische und hörte gleich darauf Schritte, die langsam näher kamen.

Ich sah zu Dukis. Auch er hatte die Schritte gehört, öffnete eine Tür, die vermutlich auch in einen kleinen Raum führte, in dem die Wachen sich ab und zu aufhielten. Ich hoffte, dass niemand darin war. Es schien so zu sein, denn Dukis verschwand darin.

Mir kam ein schrecklicher Gedanke. Was war, wenn diejenigen, die sich uns näherten, die bewusstlosen Männer in dem Raum fanden? Sie würden wissen, dass etwas nicht stimmte. Dann würden sie Verstärkung holen und wenn sie das taten, war alles zu spät.

„Dukis?", zischte ich leise in die Finsternis. Ich bekam keine Antwort. Ohne zu zögern kam ich aus meiner Deckung heraus und huschte wieder in den ersten Raum hinein. Ich fasste einen der bewusstlosen Männer unter den Armen und zog ihn mit aller Kraft durch den Gang in die Nische, in der ich mich versteckt hatte. *Schneller, schneller!*

Was, wenn die Zeit nicht reichte? Ich lauschte in den Gang und hörte Stimmen, die immer näher kamen. Sie waren noch etwa zwei Abbiegungen von mir entfernt. Ich raffte mich auf, hetzte zurück in den Raum und zog auch den anderen Mann hoch. Er glitt mir aus den Händen. *Verdammt!* Kurzerhand griff ich nach seinen Füßen und zog ihn so fest ich konnte hinter mir her. Er war viel schwerer als ich gedacht hatte.

Ich war noch nicht in der kleinen Nische angekommen,

da wurden die Schritte schneller. Sie hatten mich gehört! Ich zerrte an dem Hosenbein des Wächters, der vor mir wie ein schwerer, unbeweglicher Mehlsack auf dem Boden lag. *Noch ein paar Meter. Nur noch ein paar ...*

„Stopp!", brüllte da eine Stimme. Sofort ließ ich den Mann los und wollte losrennen, da hatte mich der Wächter schon im Würgegriff.

„Hol Hensis!", schrie er seinen Begleiter an. „Dieses Mädchen wird ihn brennend interessieren."

Der andere lief los. Nur ein paar Minuten und er würde mit Hensis zurück sein. Dann würden all die Geschichten, die mir schon so oft erzählt wurden, wahr werden, dann würde ich Hensis' Brutalität am eigenen Leib erfahren und nicht nur das, nein, ich war daran schuld, dass niemand aus Kasadevra würde fliehen können. Hensis würde Lunas finden, Lybia und Dukis. Auch Servalia und den kleinen Jungen, den ich doch gerade erst gerettet hatte. Sie alle würden sterben, weil ich mich nicht an unsere Vereinbarung gehalten hatte! Ich war entgegen unserer Absprache in den Raum gegangen, hatte die Männer gesehen und versucht, sie zu verstecken, was wahrscheinlich gar nicht notwendig gewesen wäre. Die Wächter wären vermutlich einfach weitergegangen. Ich hatte auf ganzer Linie versagt und dabei wirklich alles aufs Spiel gesetzt.

Der Wächter sah mich hasserfüllt an. „Du wertloses Stück Dreck wagst es, hier einfach so herumzuspazieren?", fauchte er mich an. Ich sagte nichts und wehrte mich auch nicht mehr.

Er machte gerade den Mund auf, um mir weitere Beleidigungen an den Kopf zu werfen, da hörte ich einen dumpfen Knall. Der Arm, den mir der Wächter um den Hals gelegt hatte, erschlaffte. Ich drehte mich um, aus leeren Augen sah er mich an, dann sackte er in sich zusammen. Hinter ihm stand Dukis, eine erloschene Fackel in der Hand. Er musste sich unbemerkt herangeschlichen haben.

„Rettung in letzter Minute, was?", grinste er. Ich war zu überrascht von der schnellen Wendung der Geschehnisse, als dass ich mich bei ihm hätte bedanken können.

Ohne, dass ich fragen musste, erklärte er: „Ich habe sie kommen hören, als du die Wächter gefunden hast. Deswegen habe ich mich versteckt und nach einer Waffe gesucht."

„Es tut mir leid", sagte ich nur.

„Wir beeilen uns einfach." Dukis schien überhaupt nicht böse auf mich zu sein.

Wir hatten einen kleinen Triumph errungen. Aber die Schlacht war noch lange nicht vorbei. Hensis konnte jeden Augenblick hier auftauchen. Wir rannten den Gang entlang zu den Kerkern.

Schon nach einigen Metern sah ich das erste Verlies. Dort fanden wir etwa zehn Männer aus Arventatia, einige erkannte ich wieder. Es waren sogar ein paar von Flavius' alten Freunden dabei. Nun kam Dukis' großer Auftritt. Es hing nun alles von ihm und seinen Drähten ab. Sofort machte er sich ans Werk, bohrte im Schloss herum, doch selbst mir fiel bald auf, dass es nicht funktionierte. Bei seinen Versuchen an der Haustür von Lybias Freund war das Schloss schnell aufgesprungen. Doch jetzt ... Ich wurde nervös und auch Dukis hatte keine Geduld mehr. Er fluchte. Sein Grinsen war ihm schon lange aus dem Gesicht gewichen. Auch die Männer hinter den Gitterstäben wurden immer aufgeregter. „Mach schneller!", redeten sie auf Dukis ein, was ihn nur noch fahriger machte.

Unser Plan schien nicht aufzugehen. Wir hatten zu wenig Zeit! Ich wurde wütend, traurig, wusste, dass wir scheitern würden. Dukis verbog den Draht immer wieder, führte die Öse in das Schlüsselloch ein – ohne Erfolg. Seine Hände zitterten.

„Es geht nicht", flüsterte er panisch. „Es funktioniert nicht, Samia!" Dukis wurde wütend. Er stand auf, nahm ein Messer aus seiner Tasche und schlug auf die Eisenstäbe ein.

Sie rührten sich nicht, bekamen nicht einmal Kratzer. Ich wurde von einer verzweifelten Hoffnungslosigkeit gepackt, wollte auch etwas tun, es wenigstens versuchen! So griff ich in den Schaft meines Stiefels und holte den Dolch, den mir Titus gegeben hatte, um mich notfalls verteidigen zu können, hervor. Ich packte ihn fest mit beiden Händen und stach die Klinge in das eiserne Schloss.

Ein Aufschrei. Ein Gesicht. Hensis packte sich an seinen Hals, der stark gerötet war. Er schrie erneut.

„Dukis?", flüsterte ich. „Was war das?" Ich fand mich auf steinernem Boden wieder. Niemand antwortete. Ich blickte hoch zu den Eisenstäben auf die Dukis wie gebannt starrte. Nun sah ich es auch: Der Dolch, der in dem Kerkerschloss steckte, war weiß! Frost schien die Klinge überzogen zu haben, aber das war unmöglich!

Es knackte laut. Risse verteilten sich vom Schloss aus in alle Richtungen, breiteten sich rasend schnell aus. Sie kletterten die Stäbe hinauf, machten sich überall breit und verwandelten Grau in Weiß. Es wurde kalt. Ich fror. Die Männer im Kerker waren zurückgewichen, verstanden nicht, was gerade passierte.

„Dukis!", flüsterte ich. „Dukis, was ist das?"

„Der Dolch!" Dukis zeigte auf die nun bläulich schimmernde Waffe, die immer noch im Schloss steckte. Ich richtete mich auf und sah auf den eingravierten Wolfskopf, der immer heller leuchtete. Das blaue Licht blendete mich. Ich trat zurück, machte es Dukis gleich und hielt die Hände vor die Augen. Da hörte ich ein lauter Klirren. Das blaue Licht erlosch, schlagartig wurde es dunkel. Ich öffnete die Augen und sah auf die zerborstenen Gitterstäbe, die in Millionen Stücke zersprungen auf dem Boden verteilt lagen. Die Gefangenen traten vorsichtig hervor.

Der Dolch, Hensis' Dolch, hatte seinen Zweck erfüllt.

Dukis war der Erste, der die Fassung wieder fand. Er riss den Dolch aus dem Schloss und lief durch den Gang zum nächsten Kerker. Ich und die Männer Arventatias, die wir gerade befreit hatten, rannten hinter ihm her. Ich versuchte nicht darüber nachzudenken, was soeben geschehen war, denn es blieb uns wenig Zeit.

Schon von Weitem hörten wir ängstliche Rufe von Frauen und Kindern, die im Verlies gefangen waren. Dukis stieß den Dolch ins Schloss, dieser leuchtete erneut auf und wieder zerbarst das weiß gewordene Metall wie Glas. Nur ging es dieses Mal schneller. So seltsam es auch klingen mag, ich hatte das Gefühl, der Dolch wisse, worauf es ankam, ganz so als wolle er uns helfen, als wäre er auf unserer Seite.

Unter den überraschten Menschen, die wir aus den Kerkern befreiten, war auch Fia, eine Freundin aus Arventatia. Sie fiel mir in die Arme. „Samia", rief sie.

Aber ich hatte keine Zeit, unser Wiedersehen zu feiern. „Beeilt euch! Hensis' Männer sind schon unterwegs!" Ich scheuchte sie aus der Zelle.

Während wir von Kerker zu Kerker liefen und den Dolch immer wieder in Schlösser rammten, blickte ich mich ständig um, aus Angst, Hensis könnte jeden Moment um die Ecke biegen. Ich hatte ihn gesehen, hatte seinen Schmerzensschrei gehört! Er musste wissen, was passiert war, wenn er die Kraft seines Dolches kannte – aber er ließ sich Zeit. Vielleicht hatte ihm der Wächter gesagt, sein Partner habe alles unter Kontrolle. Vielleicht konnte sich Hensis aber auch einfach nicht vorstellen, dass wir ein zweites Mal in sein Heiligtum eingebrochen waren, dachte, die Wächter hätten mich verwechselt. Oder aber, und dieser Gedanke erfüllte mich mit Genugtuung, er konnte sich kaum regen vor Schmerz, den er bei jedem Splittern des Eisens empfand.

Ich erkannte die Menschen, denen ich die Tür geöffnet hatte und die sich am Ende des Ganges scharten, kaum wieder. Sie hatten sich alle so verändert. Sie sahen müde aus, gebrochen. Außerdem überrascht und erschrocken über die Methode, mit der wir sie retteten. Ich schob mich an ihnen vorbei zur letzten Zellentür. Dahinter war der Kerker, in dem Morlem, Titus und König Bero festsaßen. Ich stieß den Dolch in das Schloss und trat zurück. Als die Gitterstäbe gewichen waren, stürmten alle in das Verlies.

Am hinteren Ende des Raums sah ich das Loch, durch das sich nach und nach die Gefangenen zwängten, um durch den geheimen Tunnel in die Freiheit zu gelangen. Ich entdeckte Morlem, bei dessen Anblick mein Herz einen kleinen Hüpfer machte, Titus und König Bero, die ungläubig ein paar der Eisensplitter in die Hand nahmen und sie gleich wieder fallen ließen, weil sie so kalt waren. Bloß Lunas sah ich nicht.

„Ist Lunas noch nicht da?", fragte ich nervös.

„Ist er nicht bei dir?", fragte Morlem und berührte mich zärtlich am Arm. Er war einer von den wenigen, die mit der Tatsache, durch einen Dolch, der Eisen zum Splittern brachte, befreit zu werden, ganz gut umgehen konnten.

„Nein, er hält oben Wache und wartet auf Lybia – hoffentlich kommt er rechtzeitig zu uns runter!"

„Am besten stellst du dich schon mal an", sagte Dukis, der sich hinter mir in den Raum drückte und auf die lange Schlange wartender Leute deutete, die sich vor dem Loch gebildet hatte. Unruhig warteten sie darauf, sich durch die kleine Öffnung zu zwängen.

„Hensis ist schon auf dem Weg", rief ich verzweifelt. „Die Wächter haben mich entdeckt. Einer von ihnen ist zu Hensis gelaufen – er kann jeden Moment hier sein!"

Plötzlich hörte ich Schritte. Mein Puls, der ohnehin schon wild schlug, beschleunigte noch einmal. Mir wurde flau im Magen. Ob das Hensis' Männer waren? Ich lauschte in den Gang. Nein, die Wächter konnten es nicht sein, denn ich hörte die Schritte von nur einer Person.

„Lunas?", rief ich leise in die Dunkelheit.

Er kam außer Atem neben mir zum Stehen und japste: „Sie kommen. Irgendetwas muss schief gelaufen sein. Beeilt euch."

Seine Worte hallten im großen Raum wieder. Die Leute, die noch vor der Öffnung standen, begannen, nervös zu drängeln. Ich stellte mich vor ihnen auf und sagte ihnen, dass sie die Ruhe bewahren sollten. Lunas stand an der Tür, beobachtete den Gang.

„Beeil dich, Samia", rief er.

Noch zwanzig Menschen in der Schlange. Titus, Dukis und Morlem drängten die Leute zusammen, riefen ihnen zu, sie sollten sich beeilen.

Noch fünfzehn. Lunas und Morlem suchten etwas, womit sie Hensis und seine Leute aufhalten konnten. Sie schleppten einen großen Holzbalken an, mit dem sie den Türausschnitt verbarrikadierten. Aus einer Ecke des Raums rief König Bero: „Wir müssen die gefrorenen Metallsplitter auf dem Balken verteilen. Wenn sie sich daran festhalten, um hinüberzugelangen, erfrieren ihnen die Hände. Ihre Überraschung wird uns einige Sekunden mehr geben!"

Ich machte mich sofort an die Arbeit, schob die Eisenspäne mit den Füßen auf meine Jacke und schüttete diese dann über dem Holzbalken aus. Dukis und Titus taten es mir gleich. Ich sah zu Lunas, der nervös in den Gang starrte und dabei hin- und herlief.

Noch zehn Menschen standen vor der Tunnelöffnung.

„König Bero!" Ich winkte ihn zu mir. Im Gang hörte ich Hensis' Männer bereits fluchen und schimpfen.

Bero lief zu mir und zwängte sich durch das Loch.

Noch fünf. Jetzt sah ich unsere Feinde! Sie rannten den Gang entlang, ganz vorne Hensis. Sein Hals war rot, die Wolfstätowierung glühte. Er wies mit seinem Zeigefinger auf uns und schrie. Ich schauderte. Der Finger war verkrüppelt und vernarbt.

„Lunas", zischte ich, „mach, dass du herkommst!"

Er rannte zu mir herüber, blickte sich dabei immer wieder um, ich schob ihn durch die Öffnung in der Wand. Jetzt nur noch Morlem, Titus, Dukis und ich. Sie hasteten, so schnell sie konnten, in meine Richtung.

In diesem Moment hörte ich Hensis' Leute vor Schmerz aufschreien. Wie Bero es vorhergesagt hatte, wurden sie von den frostüberzogenen Eisensplittern einen Moment aufgehalten.

Morlem schubste mich in das Loch. Ich strauchelte kurz, kam dann aber sicher auf die Füße. Hinter mir war Dukis. Er schob mich weiter. Ich stolperte, drehte mich um. Ich sah Titus und Morlem, die an einer Deckenstütze des Tunnels rüttelten. Ich verstand zuerst nicht, was sie da taten, als aber die Tunneldecke zu bröckeln begann, dämmerte es mir.

„Ihr wollt den Gang einstürzen lassen!", rief ich entsetzt.

„Das war Beros Idee", keuchte Titus. „Unsere Lebensversicherung!"

Morlem setzte sich auf den Hosenboden, winkelte die Beine an und trat einmal heftig gegen die Stütze. Mit einem knirschenden Geräusch zerbrach sie in der Mitte, in Zeitlupe stürzte sie in sich zusammen, über ihr bröselte die festgeklopfte Erde, die den Gang stabilisiert hatte, dann plötzlich ging alles ganz schnell.

„Lauft!", brüllte Morlem und rappelte sich auf die Beine.

Wir kämpften uns so schnell wir konnten im engen Schacht voran. Hinter uns hörten wir, wie die Erde tosend zusammenbrach und den Tunneleingang mit einem lauten Donnern verschüttete.

~ vierzehn ~

Es dauerte lange, bis ich endlich Tageslicht sah.

Ich setzte mich ins Gras vor Titus' Höhle und keuchte. Neben mir lag Morlem mit ausgebreiteten Armen und schnappte nach Luft. „Es ist noch nicht vorbei. Sie werden die Umgebung absuchen."

Mir tat alles weh. Ich warf einen Blick auf den kleinen Platz vor der Höhle. Er war übersät mit Menschen, die gegen das Sonnenlicht blinzelten. Manche hatten Tränen in den Augen. Ich kämpfte gegen die Müdigkeit an. So gerne wollte ich hier liegen bleiben, nur einen kurzen Moment ausruhen. Aber wir mussten weiter. Nur weg hier.

„Wohin jetzt?", fragte Dukis und sah König Bero fragend an. Bero saß auf dem Boden und hustete sich den Staub aus den Lungen. Er schüttelte den Kopf. Titus drängte sich durch die Leute nach vorne. Er wusste, was zu tun war.

„Hört alle zu!", hörte ich Titus' kräftige Stimme. „Folgt mir. Ich bringe euch in den Wald. Dort werden sie uns nicht finden."

Er ging zu König Bero und bot ihm den Arm. Bero lächelte, griff nach der Stütze und zog sich hoch. Als er stand, klopfte er sich den Dreck von seinem Gewand und sagte: „Wir haben es geschafft!"

König Bero und Titus liefen voran, die anderen folgten ihnen. Ich lag immer noch auf dem Boden.

„Samia!", sagte Morlem und half mir aufzustehen. Ich sagte nichts, genoss den kurzen Moment in seiner Nähe. Er legte den Arm um meine Schulter und stützte mich. Hinter ihm tauchte Lunas auf. Langsam setzten wir uns in Bewegung. Ein riesiger Stein war mir vom Herzen gefallen. Der Druck, der auf mir gelastet hatte, war beinahe verschwunden. Ich war mir so sicher wie noch nie, dass meine Träume nicht alle Wirklichkeit werden würden, denn wir befanden uns nicht mehr in Kasadevra! Ich war so erleichtert, dass sich damit auch die Vision, in der ich Lybia und Lunas hatte sterben sehen, nicht bewahrheiten würde, denn es war eindeutig Lybias Haus gewesen, in dem ich sie tot hatte liegen sehen. Und sie waren hier, bei mir, Lunas und ... Ich sah mich um.

„Wo ist Lybia?", fragte ich Lunas. Ihm stand immer noch der Schrecken im Gesicht.

„Sie hat es nicht mehr geschafft", sagte er leise.

Ich blieb stehen, schlug mir die Hand vor den Mund. „Nein ..."

„Es ist so einiges schief gegangen, Samia. Meine Leute sind immer noch gefangen. Hensis war zu schnell." Dann blickte er Morlem an. „Schafft ihr es?"

Morlem nickte traurig.

„Ich gehe zurück. Ich kann sie nicht im Stich lassen."

„Nein", rief ich, „sie töten euch!" *Er bringt dich um,* dachte ich. *Er bringt dich und Lybia um!* Ich wollte ihn packen, da griff Morlem nach meinem Arm. Lunas lief los.

„Nein!", rief ich noch einmal. Verzweifelt sah ihm nach, wusste, dass ich ihn davon abhalten musste. „Wir dürfen ihn nicht gehen lassen, Morlem!"

Morlem sagte nichts, zog mich nur weiter.

Ich weinte. „Er wird sie töten!", rief ich. „Ich habe es gesehn!" Was ich sagte, schien niemanden zu interessieren. Ich schrie es Titus entgegen. Er blieb ruhig, zeigte keine Wut, keine Trauer, hielt Lunas nicht auf, schüttelte nur den Kopf, wiederholte, was Lunas einmal zu mir gesagt hatte: Die Zukunft lasse sich nicht verändern, ich solle ihn verstehen. Es war zu spät. Lunas war fort.

Ich lag auf einer Lichtung. Um mich herum standen die Menschen, die aus Hensis' Burg geflohen waren, und tuschelten. Sie hatten immer noch Angst.

„Lunas", flüsterte ich benommen. Ich konnte mich kaum

bewegen, weil mir alles weh tat. Morlem sah ich nicht, aber ich spürte auch kein Verlangen danach, das zu ändern. Lunas war weg, war schnurstracks in seinen sicheren Tod marschiert. Ich würde ihn nie wiedersehen, und Morlem war daran nicht unbeteiligt. Er hatte mich zurückgehalten. Titus und er wussten von meiner Vision und versuchten nicht, etwas dagegen unternehmen. Es so schrecklich weh, zu wissen, was geschehen würde und es nicht aufhalten zu können. Aber vielleicht war es das Beste, vielleicht das Einzige, was mir blieb. Vielleicht sollte ich wie sie alles auf mich zukommen lassen, mich weniger mit der Zukunft und mehr mit der Gegenwart beschäftigen.

Sie werden die Umgebung absuchen. Ich erinnerte mich an einen Satz, den ich vor Kurzem erst gehört hatte. Wir konnten nicht weit gekommen sein, denn wir waren noch im Wald. In dem Wald, der so nahe an der Burg lag und in dem sie bestimmt zuerst nach uns suchten.

Ich stand auf. Lunas war verloren. Aber die anderen konnten entkommen. Ihre Zukunft hatte ich nicht gesehen – es gab eine Hoffnung, dass nicht alles umsonst war. Ich musste mit Titus und Bero reden. Sie standen abseits von den anderen und unterhielten sich leise. Während ich auf sie zu lief, sagte ich: „Wir können hier nicht bleiben."

„Wo sollen wir denn deiner Meinung nach hin?", fragte mich Bero mit hochgezogenen Augenbrauen.

Ich zögerte. „Nach Arventatia!", sagte ich dann entschlossen.

Bero sah mich skeptisch an. „Ich glaube, das ist keine gute Idee. Diese Mauern haben sie schon einmal überwunden. Sie werden es auch ein zweites Mal schaffen."

Aber Titus kam mir zu Hilfe. „Du musst bedenken, Bero, dass sie beim letzten Mal die Unterstützung von Dalim hatten. Er öffnete ihnen das Tor. Nur deshalb konnten sie euch überraschen."

„Was ist eigentlich mit Dalim passiert?", fragte ich Bero.

„Wo ist er im Moment?"

Er seufzte. „Ich schätze er ist einer von ihnen geworden – vermutlich war das die ganze Zeit sein Ziel."

Ich nickte. Das passte zu Dalim. Aber mein Vorschlag schien Bero noch nicht überzeugt zu haben.

„In Arventatia werden sie uns zuerst suchen", gab er zu bedenken.

„Im Gegenteil", erwiderte ich. „Es ist so einfach, dass sie uns dort zuletzt vermuten werden. Wir werden Zeit haben."

Ich wollte nicht laut sagen, was ich eigentlich dachte: In Arventatia würde ich lieber sterben, als hier im Wald oder irgendwo sonst auf der Welt.

„Nicht nur Zeit", sagte Titus. „Sondern auch die Mittel, uns auf einen Kampf vorzubereiten."

„Was haben wir denn zu verlieren?", fragte ich Bero.

Er schwieg. Dann, nach einer Weile, seufzte er. „Na gut. Ich wüsste auch nicht, wohin wir sonst sollten. Im Wald können wir nicht bleiben. Trommelt schon mal die Leute zusammen und informiert Lunas", gab der König erste Befehle. Ich schluckte, sah Titus bittend an, der mir die Aufgabe abnahm, Bero über Lunas' Rückkehr nach Kasadevra zu informieren. Ich drehte mich weg, um Beros Entsetzen nicht sehen zu müssen.

Ich streichelte Neleon am Kopf. Ich war froh, ihn in der Nähe der Höhle gefunden zu haben. Mit Gras und Wasser aus dem See hatte er anscheinend überleben können. Er spürte, dass ich jetzt ihn brauchte. Müde zog ich mich in den Sattel.

Wir kamen nur langsam voran. Die Kinder konnten schon nach ein paar Stunden nicht mehr, auch wenn ich sie abwechselnd auf Neleon reiten ließ, und wir machten viel zu viele Pausen. Titus und Bero steckten den ganzen Heimweg über die Köpfe zusammen und besprachen leise, welche Schutzmaßnahmen zu treffen waren, wenn wir in Arventatia ankamen. Als Erstes wollten sie die Burg sichern, dann Waffen holen und auf Hensis warten.

Denn dass er kommen würde, war gewiss.

Als wir endlich unsere Burg erreichten, waren alle sehr müde. Doch uns blieb nicht mehr viel Zeit. König Bero stellte sofort Wachen auf und ließ Waffen aus den Kellern holen. Die Frauen und Kinder verbarrikadierten sich in den Häusern, die Männer wurden dazu aufgefordert, sich im Thronsaal zu versammeln. Ich sollte ins Waisenhaus gehen, das mein Zuhause gewesen war, bis Flavius mich bei sich aufgenommen hatte.

Flavius. Wenn ich seinen Namen nur dachte, schnürte es mir die Kehle zu. Er war wie ein Vater für mich gewesen. An meinen richtigen Vater konnte ich mich kaum noch erinnern, auch von meiner Mutter wusste ich kaum etwas. Das Einzige, was ich erfahren hatte, war, dass sie damals, als ich gerade einmal zwei Jahre alt gewesen war, an einer schweren Grippe gestorben waren.

Erst meine Eltern. Dann Flavius. Lunas und Lybia. Der Tod war in meinem noch so kurzen Leben zu einem ständigen Begleiter geworden.

~ fünfzehn ~

Die folgenden Tage vergingen nur langsam. Wir saßen in unserer Burg, warteten auf Hensis, auf den Kampf und auf den Tod, denn keiner schien mehr daran zu glauben, dass wir überleben würden. Einige Male dachte König Bero daran, weiterzuziehen. Dann wurde ihm wieder klar, dass Arventatia der sicherste Ort war, an dem wir jetzt sein konnten, und dass er lieber den Tod im Kampf fand, als ein Leben auf der Flucht zu führen.

Wir waren frei, Hensis' Gefangenschaft entkommen. Und trotzdem war niemand glücklich. Die Einwohner Arventatias hatten sich die ganze Zeit, in der sie in Hensis' Burg gefangen gewesen waren, nichts sehnlicher gewünscht, als wieder in Arventatia zu sein. Jetzt waren sie es und es kam mir vor, als ob ich in der Stadt der lebenden Toten gefangen war. Alle wussten, dass Hensis jeden Moment zuschlagen konnte. Manchmal sprach ich mit Menschen, lachte mit ihnen, und einen Augenblick später schwiegen wir betroffen, weil unser Lachen in der bedrückenden Stille, die über der Stadt hing, falsch klang.

Ich war nicht ins Heim gegangen, sondern in Flavius' Haus. Das Essen wurde knapp. Ganz Arventatia hungerte, allerdings traute sich keiner aus der Burg hinaus, um Nahrung zu suchen. Wenn sie etwas holten, dann nur von den Feldern in der unmittelbaren Umgebung der Burg, nahe genug, um in wenigen Minuten nach Arventatia flüchten zu können. Vor ein paar Tagen war der letzte Trupp aufgebrochen, hatte Weizen, ein Dutzend Rinder und ein paar Säcke Kartoffeln in die Stadt gebracht. Nun waren die Vorräte aufgebraucht. Nur eine Handvoll Mehl hatte ich noch übrig, genug um ein letztes Brot zu backen.

Ich traute mich nur selten aus dem Haus. Nicht nur, weil sie uns davor warnten, sondern weil die Stimmung unerträg-

lich und angespannt war. Ich schlief schlecht, weil ich befürchtete, dass in der Nacht der Kampf ausbrach. Jeden Moment konnte es losgehen.

Aber Hensis ließ sich Zeit.

*Der gellende Schrei erstarb. Es war nur ein kurzer Mo-
ment der Überraschung gewesen, der mich erfasste, als ich
Hensis sah. Er stand direkt vor mir, guckte nicht einmal besonders böse, grinste nicht. Ich war starr vor Schreck, weil er
so plötzlich erschienen war, mich in meinem Versteck hinter
den Heuballen entdeckt hatte.*

*„Was für eine Überraschung!", sagte er und tatsächlich
kam es mir vor, als habe er wie ich mit unserem plötzlichen
Zusammentreffen nicht gerechnet. „Du in meiner Burg",
fuhr er fort. „Schon wieder bist du hier."*

Schon wieder? Ich verstand nicht, was er meinte.

„Suchst du mich? Willst du für meine Seite kämpfen?"

*Ich schüttelte den Kopf. Ich wollte nicht kämpfen, schon
gar nicht für Hensis! Meine Geste missachtete er.*

*„Komm!" Er reichte mir die Hand. „Samia, kämpfe für
mich! Du gehörst zu mir." Als ich nicht reagierte, schüttelte
er fast traurig den Kopf. „Egal", sagte er dann und lächelte.
Es war kein schönes Lächeln. „Ich verzeihe dir." Immer
noch hielt er mir seine Hand hin. „Lass uns Frieden schließen, Samia."*

*Alles in mir wehrte sich dagegen, auf Hensis' Angebot
einzugehen. Ich wollte keinen Bund mit Hensis einzugehen,
nicht einmal sein Friedensangebot annehmen, und ich wollte
ihm um alles in der Welt nicht die Hand reichen!*

*„Nein!", sagte ich laut und deutlich. „Ich werde niemals
für dich kämpfen und ich werde niemals mit dir Frieden
schließen!"*

*„Wieso bist du dann hier? Wieso bist du in Kasadevra, Sa-
mia?"*

Ich schluckte. Warum war ich hier? Ich hatte keinen blas-

sen Schimmer. Hensis' Hand kam meiner nun bedrohlich
nahe. Ich ging einen Schritt zurück, darauf bedacht, ihn
nicht zu reizen. Hensis lächelte erneut. Im nächsten Mo-
ment packte er blitzschnell meine Hand. Grenzenloser
Schmerz durchdrang mich, ich riss den Mund auf, um zu
schreien und

wachte auf. Was war das für ein Gebrüll? Noch bevor ich
die Augen öffnete, kannte ich die Antwort. Hensis war da.
Der Krieg begann. Vor meiner Haustür wurden gerade Menschen umgebracht! Ich hörte es, denn die Kampfgeräusche
waren nah – der Tod war bereits in die Burg eingedrungen.
Sie hatten die Mauern überwunden! Wie schnell sie es geschafft hatten, innerhalb von wenigen Stunden. Erst würden
die Männer sterben, die kämpften, dann würde Hensis die
Häuser stürmen und die Frauen und Kinder umbringen.

Der fürchterlichste Herrscher unserer Welt sann auf Rache, und Arventatia war das Ziel seiner Tobsucht. Ich wusste,
er schreckte vor nichts zurück, nicht vor Mord, nicht vor
Krieg. Das Wort, das Menschen in Angst und Schrecken versetzte, war für ihn die Rache an all jenen, die ihn nicht als
Herrscher anerkannten.

Lunas hatte sich freiwillig gestellt, sich entschieden, seine
Mutter nicht alleine sterben zu lassen. Hätte ich dasselbe für
meine Mutter getan? Wäre ich an seiner Stelle zurückgekehrt? Lunas hatte Mut bewiesen. Ich hatte nur Angst und
verkroch mich in meinem Bett. Ich verbunkerte mich in Flavius' Haus, während andere vor meiner Tür ihr Leben ließen,
um Arventatia zu retten.

Draußen tobte der Kampf. Krieg war noch so viel schlimmer, als ich es mir immer vorgestellt hatte. Ich hörte, wie
Schwerter aufeinander schlugen, wie Flammen zischten, wie
Menschen starben. Ihre qualvollen Schreie drangen bis zu
mir, verwandelten sich nach und nach in ein unmissverständ-
liches Röcheln. Ich verkroch mich tiefer im Bett. Ich hätte

wahrscheinlich nur vor die Tür gehen müssen und wäre von einem Pfeil durchbohrt oder einer Schwertklinge getroffen worden. Dann wäre der Tod so schnell gekommen, dass ich gar nicht darüber nachdenken konnte. Wollte ich das? Suchte ich etwa den Tod? Immer nur hatte ich über das Überleben nachgedacht, aber jetzt ... Die Gedanken fesselten mich ans Bett. Den gesamten ersten Tag, an dem die Schlacht in den Straßen von Arventatia tobte, bewegte ich mich keinen Zentimeter von meiner Matratze weg, immer damit rechnend, dass im nächsten Moment die Haustür aufflog und ein Krieger Kasadevras mit gezücktem Schwert auf mich zu stürzte.

Doch nichts dergleichen passierte. Die Ungewissheit nagte an mir. Ich wusste nicht, wer schon gefallen war. Ob Morlem und Titus noch lebten? Sicher lagen sie nicht im Bett und zogen sich die Decke über den Kopf! Immer wieder fragte ich mich, wer wohl schon gestorben war. Aber woher sollte ich das wissen, wenn ich nicht hinausging?

Der Tag verstrich, mit der Dunkelheit endeten die Schlachtgeräusche. Als ich nach einer unruhigen Nacht aus einem Dämmerschlaf erwachte, ertrug ich die gespenstische Stille nicht mehr, die in den Straßen von Arventatia hing. Hatte Hensis schon gewonnen? Warum lebte ich dann noch? Oder konnten wir uns wirklich zur Wehr setzen?

Ich wartete noch einige Stunden, lauschte an der Tür, spähte aus dem Fenster. Draußen rührte sich nichts. Ich beschloss, das Haus zu verlassen. Als ich die Tür einen Spalt weit öffnete, sah ich es.

Tote Männer auf den Straßen. Sie lagen auf den Pflastersteinen. Ein Schwert steckte in der Brust eines Mannes, den ich dank seiner Wolfstätowierung am Hals als einen Krieger Kasadevras erkannte. Doch die meisten, die da lagen, waren von uns. Arventatia blutete aus. Die Stadt lag im Sterben.

Mir genügten nur wenige Sekunden, länger konnte ich den Anblick nicht ertragen. Ich warf die Tür zu und verkroch mich wieder ins Innere des Hauses. War der Krieg vorbei? Wo war Hensis? Und warum, zum Teufel, lebte ich? War ich die Einzige, die überlebt hatte? War das Hensis' fürchterliche Rache, die er an mir nahm, weil ich in seine Träume eingebrochen war? Ließ er mich als Einzige meines Stammes mit der Schuld überleben?

Schuld war so viel schlimmer als der Tod.

Ich brach wimmernd zusammen. Erst nach Stunden, in denen die Zweifel über das, was ich vermutete, überhandnahmen, beschloss ich, nicht länger im Dunkeln zu tappen und herauszufinden, was wirklich geschehen war. Ich musste wissen, ob noch jemand lebte!

Ich öffnete die Tür zum zweiten Mal und machte einen Schritt auf die Straße. Ein Schwarm Krähen flatterte vor mir auf, vor Schreck zuckte ich zusammen. Mit angehaltenem Atem hastete ich durch die Straßen hoch zur Burg. Ich zwang mich, nicht auf den Boden zu sehen und richtete meinen Blick starr nach vorne, zur Burg, rannte, als ich auf dem Burgplatz angekommen war, die Treppe hoch. Mein Puls raste, meine Hände waren feucht, ich keuchte, betete, *bitte, bitte, lass jemanden überlebt haben*, nahm mehrere Stufen auf einmal, fiel hin, rappelte mich wieder auf, hastete durch die Gänge und dann stand ich endlich vor der großen Tür, die in den Thronsaal führte.

Meine Hand zitterte, als ich sie ausstreckte und langsam die Tür aufschob.

„Samia!"

Im Inneren des Saals war es dunkel, nur vereinzelt brannten ein paar Kerzen. Meine Augen brauchten einen Moment, bis sie sich an die neue Umgebung gewöhnten. Aus der Dunkelheit löste sich ein Schatten.

„Samia!"

Der Schatten bekam eine Kontur. Die Stimme! Ich kannte sie.

„Gott sei Dank, du lebst."

Morlem. Noch nie hatte ich mich so sehr gefreut, ihn zu

sehen. Ich lief auf ihn zu und fiel ihm schluchzend in die Arme.

„Ist es vorbei?", fragte ich, als ich meinen tränenverhangenen Blick nach Minuten wieder auf Morlem richtete.

„Nein", sagte er traurig und streichelte mir den Rücken. „Morgen geht es weiter. Wo warst du?"

Ich schluckte. „In Flavius' Haus."

„Hatte Bero dir nicht gesagt, du sollst ins Heim gehen?", fragte er mich tadelnd.

„Natürlich hat er das gesagt", sagte ich leise.

„Aber du machst ja nie, was man dir sagt", lächelte Morlem.

„Wo ist Hensis?", fragte ich schnell.

„Sie haben ihr Lager vor der Burg", sagte er. „Er hat sich in der Stadt noch nicht blicken lassen – normalerweise kommt ein Kriegsherr wie Hensis immer erst ganz am Schluss, wenn seine Männer schon die Drecksarbeit für ihn erledigt haben. Aber komm erst mal rein!"

Er führte mich an einen der Tische, wo auch Titus, König Bero und die anderen saßen. Bero warf mir einen kurzen, freundlichen Blick zu, dann las er weiter die Namen der Toten vor. Ich lauschte angespannt und vernahm schon nach kurzer Zeit ein paar Namen, die mir bekannt vorkamen. Es tat weh. Es waren einige meiner Freunde dabei, Menschen, mit denen ich früher in Arventatia gelebt, mir die Geschichten von Flavius angehört hatte. Andere, die gefallen waren, kannte ich nicht, aber ich zuckte trotzdem bei jedem Namen, den Bero langsam vorlas, zusammen, denn der Gedanke, dass Menschen in meinem Alter, Männer, Frauen, Greise und Kinder gestorben waren, durchfuhr mich jedes Mal wie ein Schwerthieb.

Die Liste der Toten war zu meiner großen Überraschung nicht sehr lang. Noch nicht sehr lang. Es würde also noch dauern, bis es vorbei war. Hensis würde nicht aufgeben. Sein Ziel war die vollständige Zerstörung der Stadt.

Nachdem Bero den letzten Namen vorgelesen hatte, beteten wir für die Verstorbenen. Als die Stimmen erstarben, entstand eine beklemmende, geisterhafte Stille. Jeder dachte an diejenigen, die er verloren hatte.

Danach wurden Lebensmittel verteilt. Es war nicht viel. Ich beschloss, mir das Wenige gut aufzuteilen, schließlich wusste ich nicht, wie lange das noch so weiter ging.

Ich wollte gerne bei den anderen bleiben, aber König Bero schickte mich zurück in Flavius' Haus. „Wenn sie kommen, werden sie zuerst versuchen, die Burg einzunehmen. Zuhause bist du sicherer."

Eine Erwiderung lag mir auf der Zunge, aber Morlem, der hinter Bero stand, warf mir einen bittenden Blick zu, also fügte ich mich, packte meine Sachen zusammen und verließ den Thronsaal.

Als ich aufwachte, war es noch Nacht. Frieden. Der Krieg würde erst am Morgen wieder beginnen. Es war still, doch irgendetwas hatte mich geweckt. Ich lauschte. Da waren Schritte, die sich näherten.

Ich setzte mich auf, hielt den Atem an. Ob Hensis einen nächtlichen Überraschungsangriff einleitete? Ein Keuchen drang aus meiner Kehle, ich musste die anderen warnen, schnell!

Die Tür öffnete sich quietschend. Im Schein des Mondes, der durch die Türöffnung in den Raum floss, sah ich den Umriss eines Mannes. Langsam kam er auf mich zu.

Ich sprang aus dem Bett, kam auf die Beine, stürzte mich auf den Eindringling, bereit, mich mit nichts anderem zu wehren als meinen bloßen Händen und Füßen.

„Ruhig, Samia! Ich bin's doch nur."

Es war Morlem. Ein vorsichtiges Lächeln umspielte seinen Mund. Unsicher sah er mich an. Ich ließ langsam die Hände, die ich zu meiner Verteidigung in die Höhe gehalten hatte, sinken.

„Tu das NIE wieder!", zischte ich und atmete vernehmlich aus.

„Es wird schwer werden, dich heimtückisch zu ermorden, Samia." Eine weitere Stimme drang von der Tür herein, ein zweiter Schatten betrat den Raum. „Du bist ja wirklich auf Zack!"

„Lunas!" Ich rannte auf ihn zu und fiel ihm um den Hals. „Du lebst!"

„Alles ist gut", sagte er lachend und klopfte mir auf die Schulter.

„Was ist passiert? Wie bist du entkommen?"

Lunas seufzte, setzte sich auf mein Bett und begann zu erzählen: „Als Hensis merkte, dass ihr alle fort wart, wollte er euch sofort hinterher. Du weißt ja, was man sich von Hensis' Jähzorn erzählt. Es hat ein paar Tage gedauert, bis er alle zusammengetrommelt hatte, dann ist er blindlings und bis an die Zähne bewaffnet mit seinem Heer drauflos geritten. Das hat uns gerettet. Er hat nur ein paar Männer zu unserer Bewachung da gelassen, einfältig, wie er ist. Er ist so sehr von seiner eigenen Größe überzeugt, dass er sich einfach nicht vorstellen kann, dass man sich ihm widersetzt! Seine Männer haben sofort damit begonnen, das Loch im Kerker, das in den Geheimgang führte, zuzuschütten. Und damit", Lunas grinste, „waren sie so beschäftigt, dass wir einfach die Zugbrücke hinunterlassen und seelenruhig aus der Stadt marschieren konnten."

Ich war sprachlos.

„Wir haben dann noch ein paar Tage gebraucht, um herauszufinden, wohin ihr gegangen seid. Im Wald bei Titus' Höhle haben wir euch nicht gefunden, aber zum Glück hatte Lybia die Idee, dass ihr in Arventatia sein könntet. Als wir gestern Abend hier ankamen, zogen die letzten Krieger Kasadevras gerade aus der Stadt in ihr Lager – wir haben gewartet, bis es dunkel wurde, dann sind wir über das Südtor in die Stadt gekommen."

Ich dachte über das nach, was Lunas mir gerade erzählt hatte – erst nach Sekunden dämmerte es mir. „Lybia lebt?"

„Ja, sie ist hier!"

„Wo ist sie?"

„In der Burg, bei Bero. Willst du sie sehen?"

„Wie geht es dir?", fragte mich Lybia besorgt, als ich kurze Zeit später mit Morlem und Lunas in der Burg angekommen war. Lybia war mit den anderen Frauen und den Kindern in die Küche der Burg gebracht worden. Auch Fia war mit ihrer Mutter und ihrer kleinen Schwester Loveri da.

Ich zuckte mit den Schultern. Erst einmal war ich furchtbar erleichtert. Im Moment deutete wieder alles daraufhin, dass mein Traum, in welchem Lunas und Lybia von Hensis ermordet wurden, eine Vision gewesen war und keine Wirklichkeit werden würde, doch ich traute dem nicht. Zu oft war alles anders gekommen. Außerdem würde es bald wieder anfangen. Schwerter würden aneinander schlagen, Menschen würden sterben. Es war still in der Küche. Keiner traute sich etwas zu sagen, alle dachten an das, was uns bevorstand. Lybia stand auf.

„Ich mache uns jetzt erst mal eine große Kanne Tee."

Da geschah es.

Ein glühender Pfeil flog durch ein Fenster, das wir geöffnet hatten, um ein wenig von der frischen, unverbrauchten Morgenluft hereinzulassen, und fiel auf einen Ballen Heu, der in der Ecke lag. Er fing sofort Feuer. Ich schnellte auf und sah mich nach Wasser um. Die Flammen sprangen auf den Tisch über, der direkt neben dem Heu stand, und breiteten sich rasend schnell in der Küche aus.

„Raus!", rief Lybia.

Die Kinder weinten. In der hintersten Ecke des Raums versuchten Fia und ihre Mutter den Flammen zu entkommen. Sie sahen sich nach Loveri um, ich entdeckte sie am Ofen in der Nähe des brennenden Tisches. Sie weinte. Ich wollte rufen, doch ich brachte nur ein Husten zustande. Das brennende Heu qualmte wie verrückt, dicker, grauer Rauch breitete sich innerhalb weniger Augenblicke in dem kleinen Raum aus und machte das Atmen beinahe unmöglich.

Lybia wollte mich zur Tür hinausschubsen, aber durch die dichten Rauchschwaden erkannte ich, dass Fia und ihre Mutter immer noch versuchten, zu Loveri zu gelangen. Ich hörte ihre Rufe. „Loveri! Wo bist du? Loveri!"

Ohne zu zögern, lief ich tiefer in die brennende Küche. Ich blickte mich um, hustete, der Qualm biss mir in den Augen. Da plötzlich sah ich das kleine Mädchen in der Ecke stehen. Mit großen Augen blickte sie in die Flammen und schluchzte leise vor sich hin. Schnell lief ich zu ihr und nahm sie auf den Arm. Noch einmal blickte ich mich um. Ich sah niemandem mehr, der Raum war mittlerweile komplett mit dem Rauch erfüllt. Flammen züngelten an den Wänden hoch und krochen langsam auf mich zu.

Wo waren Fia und ihre Mutter? Ich konnte nicht rufen. Der Rauch schnürte mir die Kehle zu. Die Zeit lief mir davon. Ich lief schnell, das Kind fest an meine Brust gepresst, zur Tür hinaus und setzte Loveri, die wie am Spieß schrie, in sicherer Entfernung auf dem Boden ab.

Wenn ich Fia und ihre Mutter aus den Flammen befreien wollte, musste ich noch einmal in die Küche. Doch noch bevor ich mich wieder in das Flammenmeer und den beißenden Rauch stürzten konnte, packte Lybia mich an der Schulter. „Nicht!", hustete sie und zeigte auf die Tür. Sie brannte lichterloh.

„Es ist zu spät", flüsterte Lybia.

Ich bekam keine Luft, fiel zu Boden und würgte.

Als ich die Augen aufschlug, blickte ich an die Decke eines großen Saals. Der Thronsaal war in eine Art riesiges Krankenlager umfunktioniert worden, ich lag auf einem der Tische, um mich herum verletzte Menschen. Neben mir stand Lybia und tupfte meine Stirn mit einem feuchten Lappen ab.

Da fiel es mir wieder ein. Die Küche, das Feuer.

„Wo ist Fia?", keuchte ich und versuchte, mich aufzurichten. „Und ihre Mutter?"

Lybia schüttelte nur leicht den Kopf und drückte mich zurück auf mein Lager.

Die Trauer überwältigte mich. „Nein", jammerte ich. „Nein!"

„Aber du hast Loveri gerettet, Samia", sagte Lybia leise.

Ich weinte. Ich weinte um Fia. So einen Tod hatte niemand verdient. Ich hätte sie retten können. Warum war nicht ich an ihrer Stelle gestorben?

„Wo ist Loveri?", brachte ich unter Tränen hervor.

„Bei ihrem Vater", antwortete Lybia.

„Dann darf ihr Vater nicht mehr weiter kämpfen", sagte ich schnell. „Sie darf ihn nicht auch noch verlieren!"

„Er wird nicht mehr kämpfen, dafür sorge ich", versprach Lybia.

Ich würgte. Der Krieg riss Familien auseinander. Eltern verloren ihre Töchter und Söhne, Kinder wurden zu Waisen, Frauen zu Witwen. Der Tod war so nahe. Er klopfte an den Stadttoren der alten Burg Arventatia.

~ sechszehn ~

Die Tage vergingen. Sie verschwammen, flossen ineinander über. Bald schon konnte ich den Tag nicht mehr von der Nacht unterscheiden, die Stille nicht vom Schlachtenlärm, die Toten nicht von den Lebendigen. Ich wurde taub für die Schreie, die aus den Straßen Arventatias zu uns hoch drangen. Blind für die Verletzten, die jeden Abend aufs Neue zu uns gebracht wurden. Stumm, um das in Worte zu fassen, was uns widerfuhr.

Ich hatte beschlossen, Lybia in der Krankenstation zu helfen, blieb im Saal und versorgte die Verletzten. Der Tod rückte immer näher, das spürte ich. Ich würde eine der Nächsten sein, die er sich packte. Und wahrscheinlich war es das Beste, denn dann war es vorbei. Ich erwischte mich dabei, wie ich mich immer wieder danach sehnte, dass ein Pfeil meine Brust durchbohrte oder ein Schwert meinen Bauch aufriss, damit das Leiden, das ich zu sehen, zu riechen und zu hören bekam, endlich ein Ende fand.

Ich dachte oft an Fia und ihre Mutter. Mittlerweile war ich mir sicher, dass es meine Schuld war, dass sie in den Flammen umgekommen waren. Hätte ich Loveri nicht da herausgeholt, hätten sie sie gefunden und wären rechtzeitig hinausgekommen, hätten nicht weiter nach ihr gesucht. Ich hatte Loveri zuerst gefunden und Fia und ihre Mutter den Flammen überlassen.

Die Schmerzen, die diese Gedanken in mir auslösten, zerfraßen mich. Mein schlechtes Gewissen, die Schuld und das Elend, die ich Tag für Tag vor mir sah, die verletzten, verstümmelten Menschen, brachten mich auf einen verhängnisvollen Gedanken: Der Tod musste besser sein als das.

Ich traf eine Entscheidung. Ich wollte es beenden. Nur schnell sollte es gehen. Ein Pfeil schien mir da gerade recht zu sein, und sie schossen genug davon ab.

Ich schlich mich aus der Krankenstation und öffnete die Tür. In der Ferne sah ich die Schlacht, die Straßen hatten sich blutrot verfärbt. Mein Kopf fühlte sich an, als wäre er voll Watte, als ich die Treppen hinunter auf die Straße lief und in der Mitte stehen blieb. Um mich herum tobte der Kampf. Ich sah einen von Hensis' Männern, ganz in schwarzer Rüstung, im Schwertkampf mit einem der Unsrigen. Nur ein paar Meter neben mir ging einer unserer Kämpfer in die Knie, als ein Pfeil ihn in die Schulter traf. Ein Pferd, reiterlos und in blinder Angst, galoppierte durch die Straße.

Ich wartete auf den nächsten Pfeil, der sich in meine Brust bohren würde. Doch sie schossen nicht auf mich. Ich stand da, minutenlang, mitten im Schlachtgetümmel, und kein Haar wurde mir gekrümmt. Verwirrt sah ich mich um. Da bemerkte ich fünf Anhänger von Hensis ganz in meiner Nähe, die mir den Rücken zuwandten und sich zielstrebig Morlem näherten, der mit blutgetränkter Klinge wild um sich schlug. Bevor er begriff, was geschah, hatten sie ihn umzingelt. Morlem hatte keine Chance. Die Krieger verstanden sich blind, ohne Worte und erhoben gleichzeitig ihre Schwerter. Auch Morlem packte seine Waffe fester und blickte verbissen um sich.

Bis jetzt hatte ich reglos da gestanden, ohne auch nur die leiseste Ahnung zu haben, wie ich Morlem helfen konnte. Ich gab meinen Beinen den Befehl, vorwärtszugehen. Wie eine Marionette stapfte ich auf die Männer zu.

„He!", rief da plötzlich jemand und überrascht stellte ich fest, dass ich selbst es gewesen war.

Einer der Kämpfer Kasadevras drehte sich zu mir um. Aus dem Augenwinkel sah ich, wie ein anderer Morlem angriff. Eine Sekunde später ertönte ein Schrei und ich erschrak, als Morlem mit schmerzverzerrtem Gesicht an seine Brust fasste. Ich brüllte, wollte mit bloßen Händen auf meinen Gegner losgehen. Da spritze mir Blut ins Gesicht. Blut von dem Mann, der gerade eben noch vor mir gestanden hatte.

Er lag auf dem Boden vor mir, eine Klinge ragte aus seinem Rücken. Mit grimmiger Miene zog Titus, in eine prächtige Lederrüstung gekleidet, sein Schwert zurück. Ich sah, wie Lunas sich über den regungslosen Morlem beugte, ihm den Finger an den Hals legte, um seinen Puls zu fühlen. Dann wurde es schwarz.

„Morlem!"
Ich schlug die Augen auf. Ich war wieder im großen Saal.
„Beruhige dich", sagte Lybia. „Er lebt."
„Wo ist er?" Ich versuchte aufzuspringen, doch ein brennender Schmerz fuhr in mein linkes Bein und raubte mir fast die Sinne.
„Halt!", befahl Lybia. „Du hattest einen Pfeil im Bein. Du hast viel Blut verloren."
Das war mir egal. Ich quälte mich hoch und humpelte unter wahnsinnigen Schmerzen zu dem Tisch, auf dem Morlem lag. Er hatte die Augen geschlossen und einen riesigen Verband über der Brust.
„Morlem", flüsterte ich. „Morlem, wach auf."
Seine Augen blieben geschlossen. Ich brach weinend über ihm zusammen. Mir tat alles weh. Mein Bein, mein Kopf. Mein Herz. Flavius hatte ich verloren. Fia war gestorben. Wie sollte mein Leben denn weitergehen, wenn ich jetzt auch noch meinen besten Freund starb? Dann würde ich keinen Grund mehr kennen, morgens aufwachen zu wollen.
„Samia", wisperte da eine dünne Stimme. Morlem öffnete langsam die Augen, seine Lider flatterten. Ich sah ihn an. Hoffnung keimte in mir auf.
„Bitte, stirb nicht", flehte ich ihn an. Er sagte nichts, blickte mich nur an mit seinen blauen Augen, in denen jeder Glanz erloschen war.
„Samia." Lybia stand hinter mir, zog mich vorsichtig von Morlem weg. „Wir wissen nicht, ob er durchkommt."
„Er muss", hauchte ich.

Drei weitere Tage mit vielen Toten waren vergangen. Morlem lag immer noch bewegungslos auf einem Tisch im großen Saal. Lybia hatte mir gesagt, die Möglichkeit, dass er überlebe, steige von Tag zu Tag, und das machte mir Mut.

Ich kümmerte mich um ihn, froh darüber, wieder einen Grund zu haben, weiterzuleben. Ich war bei ihm, Tag und Nacht. Ich redete manchmal mit ihm, erzählte ihm von dem, was draußen, in den Straßen Arventatias geschah, auch wenn ich das oft selbst nicht genau wusste, sprach ihm gut zu und berichtete ihm von den kleinen Siegen, die wir gegen Hensis' Übermacht errangen. Doch nichts half gegen seine schrecklichen Schmerzen. Ich wusste, dass es ihm genauso schwer fiel wie mir, zu hoffen und daran zu glauben, dass wir eine Chance hatten. Und dabei wusste er gar nicht, wie schlimm es wirklich um uns stand. Jeden Tag kehrten weniger Männer in die Burg zurück. Jeden Abend wurde die Liste der Toten, die Bero verlas, länger.

„Wenn ich nicht mehr lebe", fing Morlem eines Abends plötzlich an, aber ich unterbrach ihn sofort.

„Sag so was nicht!" Er lächelte. Ich durfte ihn nicht verlieren. Er bedeutete mir so viel. Er hatte mich begleitet, als ich aus Arventatia geflohen war. Er hatte mich nicht im Stich gelassen, und jetzt konnte ich ihm endlich all das wieder zurückgeben.

Die Tage zogen dahin. Die Hoffnung, den Krieg zu gewinnen, schwand. Ich zweifelte daran, irgendwann wieder so zu leben wie früher. In Arventatia, einer Stadt, in der immer ein Lachen zu hören war.

~ siebzehn ~

Ich war in Flavius' Haus zurückgekehrt. Morlem ging es besser und in der Krankenstation, die sich jeden Tag mehr füllte, brauchten sie den Platz. Lunas hatte uns hierher gebracht. Ich lag im Bett und lauschte Morlems gleichmäßigem Atem.

Ich konnte mich nicht entscheiden, ob ich die Tage oder die Nächte schrecklicher fand. Tagsüber wurde ich vom Kriegslärm, von den Schreien der Männer, vom Klirren der Schwerter und dem monotonen Surren der abgeschossenen Pfeile in jeder Minute, jeder Sekunde an das Grauen erinnert, das vor meiner Haustür stattfand. Nachts gab es zwar keine Kämpfe, aber die Schreie der Verwundeten weckten mich immer wieder aus dem Dämmerschlaf und bohrten sich tief in mein Herz. Und da war noch etwas ... etwas anderes. Oft stand ich im Dunkeln auf, schlich zur Tür und lauschte nach draußen. Ich hörte seltsame Geräusche, die ich nicht einordnen konnte. Das Klirren von Glas, quietschende Türen. Das Trappeln von Pfoten auf den Pflastersteinen. Und immer wieder das Heulen der Wölfe.

Eines Nachts wachte ich auf. Ich lag neben Morlem, eng an ihn gekuschelt, um ihm ein bisschen von meiner Wärme abzugeben und erstarrte. Was hatte mich geweckt?

Ich hörte Schritte vor dem Haus.

Mein Herzschlag setzte aus. Schon einmal war jemand nachts in mein Haus gekommen, aber da war es Morlem gewesen, und er hatte Lunas mitgebracht. Derjenige, der jetzt gerade vor der Tür stand, kam sicher nicht in guter Absicht.

Durch das Fenster, das auf die Straße führte, fiel das Licht einer einzelnen Laterne in den Raum. Plötzlich schob sich etwas vor den Lichtkegel, ich konnte die Umrisse eines Mannes erkennen. Er spähte zu uns herein.

Entsetzt quietschte ich einmal kurz auf. Morlem riss die

128

Augen auf, sah mich angsterfüllt an. Ich hielt ihm schnell den Mund zu und schüttelte leicht den Kopf. „Still!", zischte ich so leise, wie es mir möglich war.

Der Schatten vor dem Fenster verschwand wieder. Und mit einem leisen, grauenvollen Knarzen wurde die Haustür einen Spaltbreit geöffnet. Ich zog in einer einzigen, blitzschnellen Bewegung die Decke über die Köpfe von Morlem und mir. Wir hielten den Atem an, denn wir wussten, was mit uns geschehen würde, wenn sie uns fanden.

Die Schritte näherten sich der Nische, in der unser Bett stand. Ein zweites Paar Füße bewegte sich in die entgegengesetzte Richtung zur Küche hin. „Hier ist keiner", sagte eine tiefe Stimme. Ich zitterte.

„Schau dich mal um", sagte der zweite Mann. „Sieh in den Schrank!"

Die Schritte kamen näher und gingen an uns vorbei zum Schrank. Er wurde geöffnet. „Hier ist nichts", sagte die tiefe Stimme.

„Na, dann komm!", erwiderte die zweite.

„Warte mal, ich glaube hier im Bett ..."

Die dumpfen Schritte kamen näher. Ich klammerte mich an Morlem. *Oh nein, mach, dass das nicht wahr ist.*

Da hörte ich einen Schrei direkt über mir. Panisch schlug ich die Decke weg. Der Mann, der vor wenigen Augenblicken noch drauf und dran gewesen war, uns zu entdecken, lag auf dem Boden. Über seine Kehle zog sich eine klaffende Wunde. Der Mann röchelte, spukte aus, hustete, dann wich der letzte Atem aus ihm. Sein Kopf sank auf den Boden. Neben ihm stand Dukis, einen Dolch in der Hand. Ich sah zur Tür, dort lag der andere Mann. Leblos.

Dukis wischte sich den Dolch an der Hose ab. „Euch kann man wirklich keine Minute alleine lassen", sagte er und lächelte schief.

Am Morgen hielt König Bero im großen Thronsaal eine

Rede. „Liebe Freunde! Heute spreche ich nicht als König zu euch, sondern als Bürger Arventatias." Er ließ seinen Blick durch die Runde schweifen. Wir waren nur noch ein kleiner Haufen, das Heer von Freiwilligen war beunruhigend schnell geschrumpft. Waren alle, die heute nicht hier waren, gefallen? „In den letzten Tagen haben wir viele unserer Freunde verloren. Uns allen war bewusst, wie Hensis vorgehen würde, wie brutal und rücksichtslos seine Männer morden würden. Dennoch habt ihr gekämpft! Gekämpft für unsere Freiheit und auch für das Ende von Hensis. Kämpft weiter! Gebt noch nicht auf! Wir können es schaffen, wir können ihn schlagen und wir sind es den Menschen, die ihr Leben für unser Überleben gelassen haben, schuldig! Kämpft, meine Freunde, kämpft um euer Leben!"

Seine Worte hallten durch den Raum. Die verbliebenen Männer umfassten mit grimmigen Mienen ihre Schwertgriffe und brüllten: „Für Arventatia!"

Den ganzen Tag über hörten wir wieder das Klirren der Klingen, den Einschlag brennender Pfeile. Wir waren alle wieder in die Burg versammelt, nach dem Vorfall der letzten Nacht in Flavius' Haus hatte Bero angeordnet, dass alle ihre Häuser verlassen und sich in der Burg zurückziehen sollten. Wir, die nicht in die Schlacht zogen, löschten die Brände und versorgten die Verwundeten.

Ich hatte wenig Zeit zum Nachdenken, wechselte Verbände, fütterte elternlose Kinder und sprach Sterbenden letzte tröstende Worte zu. Immer wieder fragte ich mich, wie lange der Krieg noch dauern würde. Wochen? Monate? Würde ich das Ende noch erleben? Oder würden sie uns alle umbringen?

Morlem ging es besser. „Noch ein paar Tage, dann kämpfe ich weiter", verkündete er, aber Lybia und ich schüttelten nur die Köpfe.

„Nur über meine Leiche", sagte ich.

Morlem sah mich an, in seinem Blick lag Trauer. Ich

dachte über meine sorglos gesprochenen Worte nach. Über meine Leiche konnte an diesem Ort schneller passieren, als uns allen lieb war.

Meine düsteren Gedanken wurden von in den großen Thronsaal stürmenden Kämpfern unterbrochen. Der Schrecken stand ihnen im Gesicht geschrieben.

„König Bero ist gefallen!", riefen sie durcheinander, und ihre Stimmen überschlugen sich dabei. „König Bero ist gefallen!"

Ich schluckte schwer. Morlem nahm meine Hand. Nein, nicht schon wieder. Nicht noch ein Loch in meinem Herzen.

Der Tod von König Bero nahm einigen von uns die Hoffnung. Sie glaubten nicht mehr daran, dass wir gewinnen konnten, jetzt, wo unser Anführer gestorben war. Einer der wenigen, der nicht aufgab, war Titus. Er nahm Beros Platz ein, das war des Königs letzter Wunsch gewesen. Für Titus war der Verlust besonders schmerzhaft, er hatte sich in den letzten Tagen mit dem König angefreundet, war sein wichtigster Berater und engster Vertrauter geworden. Trotzdem, oder vielleicht gerade deshalb, kämpfte er weiter.

Am Abend, nur wenige Stunden nach der schrecklichen Nachricht vom Tod des Königs, stand Titus an der Stelle, an der am Morgen noch Bero gestanden und seine Rede gehalten hatte. Seine tiefe Stimme dröhnte durch den Saal. „Wenn wir jetzt aufgeben, war alles umsonst! Wollt ihr das? Wir müssen sie aufhalten. Wenn sie uns besiegen, werden sie auch andere Stämme vernichten. Nichts und niemand wird sie davon abhalten!"

Titus' Worte gingen uns durch Mark und Bein. Ich bemerkte die wilde Entschlossenheit in den Gesichtern der Leute. Wir würden nicht aufgeben! Niemals! Der Kampf war unsere einzige Chance. Das begriff nun selbst der Letzte. Wir kämpften für unsere Freiheit.

Das waren wir uns und unseren Toten schuldig.

Es war eng, ich konnte nur schwer atmen. Um mich herum standen dich aneinandergepresst Männer, mit schweißnassen Gesichtern und blutverkrusteten Rüstungen. Einige unter ihnen hatten eine Tätowierung am Hals, einen Wolf, der sein Maul zum Himmel richtete und heulte.

Ich wurde nach vorne gedrückt. Plötzlich lichteten sich die Reihen, ich stand direkt am Rand eines Kreises, den die Männer gebildet hatten.

In der Mitte standen sich Hensis, der auf seinem riesigen Pferd saß, und Dukis gegenüber. Dukis zitterte. Sein Schwert lag neben ihm auf dem Boden, seine Hand blutete.

Über Hensis Gesicht huschte ein Lächeln. „Hol es dir doch, dein Schwert."

Dukis zögerte, dann bückte er sich langsam. Ohne Schwert würde er keine Chance haben. Er ließ Hensis nicht aus den Augen, dessen Pferd wild mit dem Schweif peitschte.

In dem Moment, in dem Dukis nur für den Bruchteil einer Sekunde zu Boden sah, um nach seiner Waffe zu greifen, machte der Hengst einen Satz und galoppierte auf ihn zu. Hensis hatte sein Schwert erhoben. Als er direkt über Dukis stand, ließ er die Waffe kraftvoll nach unten sausen.

Die Klinge zerschnitt Dukis' Lederrüstung am Rücken wie weich gewordene Butter in der Sonne. Mit einer schnellen Bewegung zog Hensis das Schwert zurück. Dukis brach zusammen.

Ich schrie. Hensis hob den Kopf, sah sich um. Dann erkannte er mich. „Und du, du bist die Nächste."

Er grinste.

„Es gibt einen Zweikampf!"

Schreie rissen mich aus dem Schlaf. Verwirrt blickte ich mich um. Ich lag neben Morlem im Krankenlager.

„Hensis ist in die Burg gekommen – er kämpft gegen Dukis!"

Ich erschrak. Nein! Das konnte nicht wahr sein! Schockiert hielt ich inne. Würde mein letzter Traum wahr werden oder war er wieder nur Vision? Lunas hatte gesagt, man könne die Zukunft nicht verändern – aber das stimmte nicht, ich wusste es! Lunas und Lybia waren nicht von Hensis ermordet worden. Waren meine Träume also nur Visionen? Szenen, die sich abspielen konnten, aber nicht unbedingt der Realität entsprachen? Was waren die Träume? Was sollten sie in mir auslösen? Was sollte ich mit den Informationen, die sie mir lieferten, anfangen? Wenn ich hinausging, würde ich möglicherweise miterleben, wie Hensis Dukis umbrachte und ich wollte nicht noch einmal sehen, wie er getötet wurde! Ich war aufgewacht, noch bevor Hensis mich angegriffen hatte. Ich wusste nicht, wie das Ende des Traums war, ob ich auch starb. Vielleicht war es ja mein Schicksal. Vielleicht musste ich sterben. Vielleicht würde ich heute dem Tod begegnen, den ich in den letzten Wochen schon so oft herbeigesehnt hatte.

„Du musst gehen", flüsterte Morlem, der auch aufgewacht war. „Dukis braucht dich!"

Ich begriff nicht, wie ich Dukis helfen konnte, bisher war es schließlich immer anders herum gewesen, ich war von Dukis beschützt worden, aber nach einem langen Blick in Morlems traurige Augen wandte ich mich um und rannte los, den Männern hinterher zum großen Platz unter der Burg. Schon von Weitem sah ich Hensis. Er überragte alle auf seinem schwarzen Hengst, der mit weit aufgerissenen Augen und Schaum vor dem Mund nervös vor Dukis hin und her tänzelte. Dukis wirkte winzig neben ihnen. Es war alles genauso, wie ich es wenige Minuten zuvor in meinem Traum erlebt hatte.

Ich schlug mich durch die Menge. Niemand kämpfte mehr, alle wollten sehen, wie Hensis Dukis besiegte. Das war der Kampf, der die Schlacht entscheiden würde, das wusste jeder hier. Ich hörte das Kettenhemd Hensis' rasseln, das wilde Wiehern des Hengstes. Ich rief Dukis' Namen, drückte mich weiter durch die Menge. Einige von Hensis' Männern kamen mit erhobenen Schwertern auf Dukis zu, schlossen den Kreis um ihn immer enger.

Ich fühlte, wie der Boden unter meinen Füßen schwankte.

Hensis donnerte von oben herab: „Lasst mich ihn töten. Er gehört mir!"

Endlich hatte ich mich durch die dicht beieinander stehenden Krieger bis ganz nach vorne durchgedrückt. Ich stand in Dukis Rücken und keuchte einmal auf, als ich sah, wie klein er im Vergleich zu Hensis' riesigem Pferd wirklich war. Mir wurde schlecht, vor meinen Augen begann es zu flimmern.

„Hensis", brüllte Dukis, „wie feige bist du eigentlich? Willst du dir wirklich nachsagen lassen, du hättest mich nur mithilfe deines Gauls besiegen können?"

In den Augen des schrecklichsten Tyrannen aller Zeiten glomm der nackte Hass auf. Er brüllte laut, schrie seinen verletzten Stolz hinaus, dann sprang er behände von dem schwarzen Ungetüm, das immer noch unruhig den Kopf zurückwarf und seinen Schweif nervös von links nach rechts peitschte.

Er steigt ab, dachte ich überrascht. *Das ist anders! Anders als im Traum.*

Hensis ging mit langsamen Schritten auf Dukis zu. Ich sah, dass Dukis' Hand, die dem Gegner die schwere Klinge abwehrend entgegenreckte, zitterte. Hensis zog sein Schwert hinter sich auf dem Boden her, beinahe gelangweilt ging er auf Dukis zu. Die Klinge seiner Waffe schliff über die Pflastersteine, dass die Funken sprühten.

„Bürschchen", sagte Hensis in einem verächtlichen Tonfall, als er noch ungefähr einen Meter von Dukis entfernt war, „wenn ich mit dir fertig bin, wirst du dir wünschen, mein Gaul hätte dich unter seinen Hufen zermalmt. Das wäre ein schöner Tod im Vergleich zu dem, was dir jetzt blüht."

Langsam hob Hensis sein Schwert. Dukis erstarrte. Er bewegte sich nicht, nur seine Hand zitterte immer stärker. Er nahm die zweite dazu, legte sie um den Schwertgriff. Auch Hensis packte den Griff mit beiden Händen, hielt die Klinge hoch über seinem Kopf, bereit, zuzuschlagen.

Gleich schlägt Hensis ihm die Waffe aus der Hand, dachte ich. *Dukis wird sich nach ihr bücken, Hensis wird ihn erschlagen und ich habe es nicht verhindert!*

Hensis schlug zu und traf Dukis am Arm. Dukis ließ das Schwert fallen und sank zu Boden. Ohne wirklich zu wissen, was ich tat, griff ich nach Hensis' Dolch, der in meinem Stiefel steckte, und richtete ihn gegen Hensis. Wut durchfuhr mich.

„Hensis!", brüllte ich.

Hensis, der mit erhobenem Schwert stolz und zufrieden vor dem am Boden liegenden Dukis gestanden hatte, blickte sich irritiert um. Obwohl er mich noch nicht gesehen hatte, merkte er, dass etwas nicht in Ordnung war. Der Dolch, der uns bei der Flucht geholfen hatte, richtete sich erneut gegen ihn.

„Du!", flüsterte er und verengte seine Augen zu Schlitzen. Sein Blick war starr auf die Waffe in meiner Hand gerichtet. „Du kleines Biest hast mir meinen Dolch gestohlen!" Nun sah er mir in die Augen. Sein verkrüppelter rechter Finger zeigte auf mich. Nicht er, nicht Dukis, sondern *ich* war nun der Mittelpunkt des Geschehens. Hensis' Männer schienen nicht zu wagen, mich anzugreifen oder mir den Dolch zu entreißen.

In diesem Moment stach Dukis zu. Er bohrte sein Schwert tief in den Rücken von Hensis, dem Tyrannen, dem mächtigsten Krieger aller Zeiten. Ein Hauch von Verwunderung huschte über Hensis' Gesicht. Langsam ließ er sein Schwert sinken, nickte mit dem Kopf nach unten, sah auf seine Brust. Die Klinge hatte ihn durchbohrt. Blut tropfte ihm aus dem Mund.

„Wieso?" Er schien ehrlich überrascht, drehte sich um.

Dann zog Dukis mit einem gewaltigen Schwung die Klinge aus dem Fleisch. Hensis hustete, hielt sich eine Hand auf die Wunde, aus der unaufhörlich Blut sprudelte. Dukis torkelte zurück.

Hensis' Männer ließen ihre Schwerter fallen. Zum ersten Mal sah ich nicht Wut, nicht Verachtung, nicht Boshaftigkeit in ihren Augen, sondern Angst. Langsam gingen sie auf ihren Anführer zu, dessen Brust sich noch zweimal hob, dann erlosch etwas in seinem Blick und sein Kopf fiel zur Seite.

~ neunzehn ~

Als der Tag, auf den wir alle so lange gewartet hatten, endlich gekommen war, waren wir zu erschöpft, um uns darüber zu freuen.

Hensis Krieger zogen aus der Stadt. Den Leichnam ihres Herrschers nahmen sie mit. Und ließen uns mit den Toten und dem Blut, den zerstörten Häusern und den auseinandergerissenen Familien zurück.

Die Tage nach unserem Triumph verliefen ruhig. Der Stamm hatte Titus zum neuen König gewählt. Wir hatten viel zu tun. Die Stadt war zerstört, immer noch gab es in der Krankenstation so viel zu tun, dass ich kaum zum Schlafen kam.

Wir hatten geschafft, was niemand anderem je gelungen war. Wir hatten Hensis besiegt. Hensis, der überall gefürchtet worden war.

Ich lief durch Arventatia zu Flavius' Haus. An einer Hauswand lehnte ein verletzter Mann, der lächelte, während er seine Wunden neu verband. Seine Familie war, sofern sie noch lebte, in Sicherheit. Der Frieden war in die Stadt eingekehrt. Der Krieg war vorbei.

Ich hätte mich freuen sollen, wie all die anderen, die trotz ihrer großen Verluste schon wieder ein Lächeln zustandebrachten und mit ihren verbliebenen Kräften die Stadt wieder aufbauten. Nur konnte ich das nicht. Die Folgen des Krieges waren einfach zu deutlich, begleiteten mich täglich, holten mich, wenn ich versuchte sie zu vergessen, zu übersehen, sofort wieder ein, denn es fehlten Menschen, die mir so viel bedeutet hatten. So viele hatte ich verloren. Ich dachte an Fia und ihre Mutter. An Bero. An all die Unschuldigen, die ihr Leben gelassen hatten. Es tat weh, an sie zu denken.

Immer wieder traf ich Menschen, die mir auf die Schultern klopften, mir zu verstehen gaben: Ohne dich hätten wir das nicht geschafft.

Ohne mich. Ohne mich wärt ihr niemals in diese Lage gekommen! Hätte ich euch nicht verlassen, damals, als Flavius starb, was hätte ich alles verhindern können? Hätte ich den Überfall auf Arventatia abwenden können? Die Verschleppung meines Stamms, den Tod unzähliger Menschen? Mithilfe meiner Träume hätte ich vieles verhindern können – oder hatte ich das getan? Einige waren nicht wahr geworden und konnten nicht mehr wahr werden. Hensis lebte nicht mehr, konnte also niemanden mehr töten. Nicht Lunas und Lybia und auch nicht Morlem.

Nachts wurde ich von den Toten heimgesucht.

„Sie greifen an!", sagte Flavius. Er fiel zu Boden, ein Pfeil steckte in seiner Brust. Ich sah ihn da liegen. Nein, Flavius. Ich wollte nicht hinsehen, wollte dem Tod nicht ins Auge blicken ... „Loveri!", hörte ich Fia und ihre Mutter rufen. Ich hatte Loveri auf dem Arm, wollte es ihnen sagen, aber ich konnte nicht rufen. Der Rauch schnürte mir die Kehle zu. Die Zeit lief mir davon. Ich brachte Loveri in Sicherheit und konnte nicht mehr zurückkehren. Konnte ihnen nicht mehr helfen ... Die Männer riefen durcheinander, und ihre Stimmen überschlugen sich dabei. „König Bero ist gefallen!" Ich schluckte. Nein, nicht schon wieder. Nicht noch ein Loch in meinem Herzen.

Die stille Nacht wurde von meinem Schrei zerrissen. Mit Tränen im Gesicht wachte ich auf.

„Samia, beruhige dich!", sagte Morlem. „Es ist alles gut!"

Ich stöhnte. Wie konnte er das nur behaupten? Spürte er das nicht? Spürte er nicht meine Schuld?

„Sie wird noch verrückt!", hörte ich später am Tag jemanden sagen. Niemand verstand mich. Niemand kannte meinen Schmerz, die Bilder, die mich Nacht für Nacht heimsuchten. Und obwohl Hensis mir nachts nicht mehr erschien, waren meine Träume schlimmer als je zuvor. Denn an seiner Statt wurde ich von Toten belagert.

Die Tage vergingen. Das trostlose Gefühl in mir blieb, genau wie meine Albträume, und sie würden bleiben, auf mir lasten wie ein schweres Gewicht, das mich zu Boden drückte.

Arventatia wurde wieder aufgebaut. Die Toten wurden zu Grabe getragen. Das Alltagsleben kehrte nach und nach zurück. Immer häufiger hörte ich Kinder auf den Straßen spielen. Die Menschen ernteten Gemüse, backten Brot und bauten ihre zerstörten Häuser wieder auf. In die Stadt zog der Frieden ein, doch in mir tobte der Krieg weiter. Ich zog mich zurück, blieb Tag und Nacht in Flavius' Haus.

Jeder Tag zog sich hin wie ein Jahr.

Jeder Tag ein Kampf.

Jeder Tag voll bedrückender Trauer.

Manchmal kamen Morlem, Dukis oder Lunas vorbei, aber ich war kaum in der Lage, mit ihnen zu sprechen.

„Titus." Ein Gedanke nahm Gestalt an. Ihn hatte ich vor einigen Wochen etwas gefragt, auf das er mir nie geantwortet hatte. Jetzt saß er neben mir auf der Bettkante und sah mich überrascht an.

„Was ist passiert, Titus?", fragte ich ihn.

„Was meinst du?"

„Woher wusstest du, was meine Träume bedeuten?"

Er wandte sich von mir ab. „Ist das denn überhaupt noch wichtig?"

„Natürlich ist das wichtig", sagte ich lauter als gewollt. „Ich muss herausfinden, was sich in meinem Leben verändert hat."

„Das wüsste ich auch gern." Titus drehte sich wieder zu mir. „Seit der Krieg vorbei ist, bist du so anders."

„Titus, bitte sag mir, was du weißt."

Nur er konnte mir helfen. Er seufzte.

„Es gibt Menschen, die tragen etwas Besonderes in sich. Deren Träume werden Wirklichkeit." Ich verstand ihn nicht. „Sie leben nicht nur in ihrem richtigen Leben, sondern auch in einer Traumwelt, die aber eigentlich gar keine Traumwelt ist." Er sprach in Rätseln.

„Du meinst, ich lebe in zwei Welten?", fragte ich. „Einmal hier und einmal in meinem Traum?"

Er lächelte mich achselzuckend an. „Ja, ein bisschen kann man das so sagen."

„Alles, was ich träume, werde ich also wirklich einmal erleben?", hakte ich nach.

„Ja." Titus nickte.

„Aber nicht alle meine Träume sind wahr geworden! Manche davon sind eher wie ... Visionen. Kann es sein, dass man sie beeinflussen kann?" fragte ich Titus, obwohl ich die Antwort bereits kannte. Ich hatte Dukis' Tod verhindert, durch meinen Traum die Wirklichkeit verändert.

„Du meinst, die Zukunft verändern?" Titus seufzte. Die Sekunden verstrichen. „Vielleicht ... ja, warum sollte es eigentlich nicht möglich sein?"

Ich dachte an den Traum im Wald, in dem die Wölfe mich verschleppten. Wenn es eine Vision war und auch nicht die tatsächliche Zukunft, dann würde ich womöglich auch dieses Unglück verhindern können.

„Warum habe ich diese", ich zögerte, suchte nach dem richtigen Wort, „Gabe?"

Er schüttelte den Kopf. „Es ist schwierig. Ich verstehe es selbst nicht ganz. Aber irgendetwas passiert mir dir, Samia. Und einer Sache bin ich mir sicher." Er sah mir tief in die Augen. „Es ist eine Gabe, keine Last. Lass dir von ihr keine Angst einjagen, sondern versuche, sie zu gebrauchen!"

Langsam verstand ich. Ich war anders. Besonders. Die Träume waren meine Waffen, ich musste sie nur benutzen. In der Vergangenheit hatte ich nicht immer alles richtig gemacht, hatte sie nicht immer als Hilfe verstanden. Tat es mir deshalb so weh, Menschen vor meinen Augen sterben zu sehen? Waren meine Gefühle deshalb so intensiv? Weil ich trotz den Zukunftsvisionen ihren Tod nicht hatte verhindern können? Und hatten meine Eltern dieselbe Gabe gehabt? Hatte ich sie womöglich von ihnen geerbt? Hatte es damals schon so wehgetan, als sie von mir gegangen waren?

Titus sah mich traurig an. Sein Blick sprach mehr als tausend Worte. *Was auch immer es ist, du musst lernen damit zu leben.*

Aber ich begriff erst viel später, was er damit meinte.

~ epilog ~

Ein paar Tage nach meinem Gespräch mit Titus saß ich nachdenklich auf einer Wiese. Zum ersten Mal seit Wochen war ich wieder draußen an der frischen Luft.

„Was ist nur los mit dir?"

Ich drehte mich um. Hinter mir stand Morlem. Er setzte sich neben mich und sah mich sorgenvoll an. Ich schwieg.

„Samia, wenn es irgendwas gibt, was dich bedrückt, dann kannst du mir das sagen", meinte er.

Ich wollte so gern, aber ich konnte nicht.

„Du wirkst so traurig, Samia", fuhr er fort.

Ich wollte ihm von meiner Angst erzählen, von den Gedanken, den Bildern und den Schmerzen, doch würde er es verstehen?

„Ich meine, natürlich ist es irgendwie normal, wenn du traurig bist. Mir geht es auch nicht besonders. Es sind so viele Menschen gestorben, so viel ist zerstört worden und ..." Er brach ab. „Kann ich irgendwas für dich tun?" Fragend sah er mich an.

Ich schüttelte den Kopf. Er legte seine Hand auf meine Schulter. Ich war so unendlich müde. Der Himmel über mir strahlte, die Sonne wärmte meine blasse Haut. In der Ferne hörte ich einen Vogel singen,

ich ritt dem Sommer entgegen. Die Wärme, die ich so dringend brauchte, war nah. Der Sog, der Druck, die Last, alles war verschwunden. Ich hatte mich losgerissen aus den Klauen des Schmerzes. Ich genoss den Wind in meinem Haar und blickte zu den zwitschernden Vögeln hinauf. Der Krieg war vorbei. Und endlich konnte ich wieder einen Hauch von Glück spüren.

In der Ferne sah ich eine Gestalt. Ich fühlte mich von ihr angezogen und ritt auf sie zu. Da erkannte ich ihn. Es war

Flavius, der da stand und mich anlächelte.

„Sei vorsichtig", sagte er. „Pass auf die Wölfe auf. Sie werden wiederkommen!"

Ich verstand nicht. „Die Wölfe von damals?", fragte ich ihn. „Aus dem Wald?"

Er nickte. „Es sind Hensis' Anhänger."

Ich lachte. „Wir haben den Krieg gewonnen", sagte ich. „Hensis ist tot!"

„Sie werden wiederkommen", sagte Flavius mit ernster Miene.

„Ich reite weit weg", versprach ich ihm.

„Du wirst mir fehlen."

„Du mir auch", antwortete ich, und ganz ohne das Gefühl, von meiner Trauer gelähmt zu werden, trieb ich mein Pferd an und galoppierte davon.

Es war Nacht. Neben mir lag Morlem und schlief. Ich wusste endlich, was ich zu tun hatte. Hoffnung erfüllte mich und wärmte meine müden Glieder.

Ich stand auf und sah Morlem noch einmal an. Zärtlich strich ich ihm über die Wange. Ich würde ihn vermissen. Bevor der Abschiedsschmerz mich überwältigen konnte, lief ich zum Pferdestall und suchte Neleon. Ich sattelte ihn, führte ihn hinaus und stieg auf.

Als ich mich noch einmal zur Burg umdrehte, sah ich die Bilder wieder vor mir. Bilder von guten Zeiten. Flavius. König Bero. Arventatia hatte viel erlebt. Sie würde auch ohne mich auskommen.

Ich wandte mich ab und drückte meinem Pferd die Fersen in die Flanken. Neleon bewegte sich nicht. Ich versuchte, ihn anzutreiben, aber er lief einfach nicht los. Ich fluchte leise.

„Wolltest du einfach gehen, ohne dich von mir zu verabschieden?", fragte mich eine Stimme, die ich nur allzu gut kannte. Morlem stand da, die Zügel seines gesattelten Pferdes in der Hand.

Er schüttelte den Kopf. „Ich lass dich nicht alleine gehen", sagte er und stieg in den Sattel.

Ich versuchte nicht zu protestieren. Tief im Innern hatte ich gehofft, dass er mitkommen würde, so wie er es immer getan hatte. Es musste so sein.

Ich lächelte Morlem an, dann gab ich meinem Pferd ein Zeichen. In einem leichten Trab überquerten wir die Zugbrücke und ritten in die dunkle Nacht hinaus.

Es fühlte sich richtig an.

Verlagsanzeigen

Casimir Verlagsprogramm:

Karolin Kolbe
Die Zwillingsquelle

„Mit einem geheimnisvolen Spiegel öffnet Finja das Tor in das Reich der Ungeborenen, wo sie die weiße Königin Melsane trifft. Fasziniert von den geteilten Welten der halben Seelen Blanciras und Norigäsuas, übersieht Finja völlig, in welcher Gefahr sie schwebt..."

Softcover, 196 S., 12,95 € [D] / 13,40 € [A] / 18,60 sFr., ISBN 978-3-940877-04-8

Nikolas Bierbaum
Die 1000 Stimmen Jagd

„Ein unheimlicher Besuch in der Nacht reißt Eron in das Abenteuer seines Lebens. Saga Legendia steht kurz davor von den bösen Mächten beherrscht zu werden. Eron wird vom Zauberer Merlin beauftragt das „Buch der 1000 Stimmen" zu den Steinkreisen zu bringen, doch es wurde gestohlen. Auf seiner Suche beginnt ein Wettlauf mit der Zeit, erst spät erkennt Eron, dass er sein Leben aufs Spiel setzen muss, um das Böse zu besiegen."

Softcover, 126 S., 9,95 € [D] / 10,30 € [A] / 15,00 sFr., ISBN 978-3-940877-02-4

Carsten Krause (Hg.)
Casimirs Geschichtenerfinder-Werkstatt 2008-2010

Dieser Sammelband enthält den Geschichtenschatz von 26 jungen Geschichtenerfindern im Alter von 8-12 Jahren, die im Rahmen des NRW Landesprogramms „Kultur und Schule" in den Schuljahren 2008-2010 an: „Casimirs Geschichtenerfinder-Werkstatt" teilgenommen haben.

Softcover, 80 S., 10,90 € [D] / 11,30 € [A] / 16,20 sFr., ISBN 978-3-940877-05-5

Vorschau 2012:
"Die Königsprophezeiung" von Karolin Kolbe

Als Finja in das Land der Ungeborenen zurückkehrt, erwartet sie dort ein gefährlicher Auftrag: Sie ist laut einer geheimnisvollen Prophezeiung die Anführerin im Kampf gegen Königin Melsane und soll das Volk zum Sieg führen. Doch was hat es mit dem alten Papier wirklich auf sich? Wie kann Finja das gespaltene Land vereinen? Und wieso entwickelt sie plötzlich diese ungewohnten Gefühle für Yamus, ihren Freund und Retter mit den weißen Augen?

ET: Frühjahr 2012 / ISBN 978-3-940877-07-9

Bianca Krause-Ritter
Der kleine Kater Casimir -
eine Woche voller Dummheiten

Ein kleiner Kater, ein gemütliches
Zuhause bei Oma Sophie und Tag für Tag
jede Menge Katerdummheiten.
„Ein kleines Buch für kleine und große
Dummheitenmacher/innen, denn gerade
weil du so bist wie du bist, wirst du
geliebt.“
Hardcover Bilderbuch ab 3 Jahre
ET: Frühjahr 2012   ISBN 978-3-940877-03-1

Postkartenedition
Künstlerin: © Jennifer Fehsel

Öko-Postkarten DIN A6 (105 × 148 mm) 350g seidenmatt
Recycling-zertifiziert, chlorfrei, ressourcenschonend produziert, Biodruckfarben auf Pflanzenölbasis
Preis (inkl. MwSt.): 1,00 € / pro Stück (6er Set: 4,95 €)

CASIMIR:
100 % ÖKO
100 % SPANNUNG
100 % FANTASIE

Casimirs Geschichtenerfinder-Werkstatt
für Kinder von 8 bis 12 Jahren

Du erfindest oder erzählst gerne Geschichten und möchtest diese auch aufschreiben oder spielen? Dann melde Dich doch einfach an!!

Kinder lieben Geschichten und der Traum vom eigenen Buch muss keiner bleiben! Erzählen, Schreiben und Theater spielen gehören zusammen und machen Spaß!! Diese Werkstatt wendet sich an alle Geschichtenerfinder, welche die Grundlagen des Freien Erzählens, Kreativen Schreibens und Improvisationstheaters kennenlernen möchten, weil sie selber gerne Geschichten erfinden oder erzählen und diese auch aufschreiben möchten, denn: **Geschichten Erzählen + Schreiben kann jeder lernen!**

Mit oder ohne Vorkenntnisse sollen die Kinder befähigt werden, die Methoden des „Freien Erzählen", „Kreatives Schreiben" und „Improvisationstheater" spielerisch zu erlernen. Sie werden angeleitet eigene Geschichten zu erfinden, weiter zu erzählen, nach zu spielen, als Theaterstück aufzuführen oder zu malen. Dabei lernen sie gleichaltrige Geschichtenerfinder kennen und können ihre Ideen austauschen.

Am Ende der Werkstatt (Modul: I-III) sollen die Kinder ihren geschriebenen **"Geschichtenschatz"** in einem gemeinsamen Buch, das sie selber illustrieren, drucken und binden können, veröffentlichen.

Abschluss-Präsentation: Lesung bzw. Erzählung vor Publikum + Internet-Veröffentlichung von Textauszügen unter: www.casimir-verlag.de

KiKuSS-Abschlusszertifikat bei erfolgreicher und regelmäßiger Teilnahme!

Leitung: Carsten Krause (Musik-, Theater- u. Schreibpädagoge)

Zeit und Ort nach Vereinbarung in den Regionen:

Nordhessen, HSK, Südniedersachsen, MK und Ostwestfalen

Dauer je Modul: 6x 120 Min.

Modul I: ERZÄHLEN • Modul II: SCHREIBEN • Modul III: SPIELEN

Preis pro Modul: 59€ inkl. MwSt. (max. 8-10 TN) + Materialkosten für das Binden/Drucken ca. 10 €/TN je nach Umfang der Texte

Alle Module (I-III) können auch einzeln gewählt werden und sind als Projekt für Ihre Einrichtung (Schule, Bücherei, geeignet.

Die Geschichtenerfinder-Werkstatt wurde bereits erfolgreich in mehreren NRW „Kultur und Schule"-Projekten in Grundschulen durchgeführt.

s. Sammelband: „Casimirs Geschichtenerfinder-Werkstatt 2008-2010"

Jugendliche ab 13 Jahren auf Anfrage möglich!

Unser aktuelles ausführliches Programm schicken wir Ihnen gerne zu!

KinderKunstSchule-Sauerland

zur Förderung von kreativen, ästhetischen, sozialen und kommunikativen Kompetenzen

von Kindern zwischen 6 bis 12 Jahren in den Bereichen:

THEATER • MUSIK • WORT • BILDENDE KUNST

Du schreibst?

Wir freuen uns über
Dein Manuskript!

www.casimir-verlag.de

Casimir-Verlag

Verlag für Kinder und Jugendliche